KB268990

[다시
  새벽이 오기에]

다시 새벽이 오기에
박태우 지음

초판 인쇄 ┃ 2006년 04월 10일
초판 발행 ┃ 2006년 04월 15일

지은이 ┃ 박태우
펴낸이 ┃ 신현운
펴는곳 ┃ **연인M&B**
기　획 ┃ 여인화
디자인 ┃ 이희정
등　록 ┃ 2000년 3월 7일 제2-3037호
주　소 ┃ 143-874 서울특별시 광진구 자양동 680-25호 (2층)
전　화 ┃ (02)455-3987, 3437-5975 팩스 ┃ (02)3437-5975
홈주소 ┃ www.연인mnb.com / www.yeoninmb.co.kr
이메일 ┃ yeonin7@chol.com

값 10,000원

저자와의 협의에 의하여 인지는 생략합니다.
ⓒ 박태우 2006 Printed in Korea

ISBN 89-89154-56-1 03810

이 책은 **연인M&B**가 저작권자와의 계약에 따라 발행한 것이므로 본사의 허락 없이는 어떠한 형태나 수단으로도 이 책의 내용을 이용하지 못합니다.
　잘못된 책은 바꾸어 드립니다.

[다시
새벽이 오기에]

박태우 지음

백성들을 위하는 마음으로 다시 뜻을 세우고

길을 잃고 방황하고 있는 대한민국의 정치도
다시 백성들을 위하는 낮은 자세에서 국민들을 섬기고
자신들의 오만(傲慢)과 독선(獨善)을 되돌아보는
계기가 되길 간절히 기원하면서

연인 M&B

백성들을 위하는 마음으로 다시 뜻을 세우고

필자가 외교부의 공무원 신분에서 정치권으로 입문한 지도 어언 6년여의 세월이 가까이 되고 있다. 당시 한 유력한 대권 후보의 국회 정책보좌관으로 자리를 옮기면서 시작한 정치 일정들을 되돌아보니, 순탄치 않은 격랑과 아픔의 세월을 자연스럽게 받아들이는 성숙과 인내의 덕목도 어느 정도 느낄 수 있는 시간들이 되었다.

어쩌면 좋은 직장을 버리고 성급하게 선택한 사서하는 고생이란 지인들의 핀잔과 충고도 어느 정도의 타당성과 정당성을 갖고 있는 시간들인 것이다.

비록 필자가 아직 뚜렷하게 이룬 것도 없고, 다양한 분야에서 학자로, 외교관으로, 그리고 정책보좌관으로, 그리고 정치인, 시사평론가로서 거듭나는 동안에, 필자는 본래 시골에서 시적 감성을 조금은 갖고 태어난 것으로 알고 지냈지만, 이 나라와 민족의 아픔과 애환을 바른 처방으로 담아내려는 참여 시인으로 성장한 것도 지금쯤엔 조금은 느낄 수 있음이다.

필자는 그래도 통상적인 부정적 이미지의 정치인의 관념을 벗어나서 정도(正道)를 걸어가는 실력 있고 정직한 정치인으로서 태어

난다는 각오를 한 번도 저버린 적이 없다.

그래서인지 필자가 지난 6년간 지근거리에서 보좌해 온 이인제 현 국민중심당 5·31 중앙선거대책위원장 겸 최고위원이 국민들로부터 다소 오해를 받는 상황을 마음 아파하고 정치선동에 의한 편견(偏見)과 정치공작이 없는 건전한 민주사회에서 정치를 하면 얼마나 좋을 것인가 하는 일말의 희망을 버릴 수가 없었다.

그래서 그분이 두 번씩이나 정치자금법 위반으로 고난을 겪는 모습을 보면서 대한민국 현대정치사의 굴절성과 특정 정권과 권력의 마키아벨리적인 속성을 스스로 짚어보고 많은 고뇌 속에서 나름의 피가 끓는 나 자신의 정치사회 철학을 담은 목소리를 하나 둘 모으게 되었다.

때로는 나만이 아는 시(詩)로서, 때로는 정치칼럼으로 중앙의 주요 일간지에, 그리고 젊은이들이 즐겨 찾는 인터넷 매체에 고정칼럼을 쓰면서 나름의 국가관(國家觀)과 애민관(愛民觀)을 다시 확립하는 고난의 행군을 할 수가 있었다.

나 스스로와 이를 옆에서 지켜 보아온 가족에게는 큰 고통일 수도 있지만, 대한민국의 정체성(政體性)을 정립하고 새로운 정치문화를 일구려는 지식인 집단의 공동체적인 노력의 관점에선 조그마한 성과로서 자리매김할 수도 있을 것이다.

어쩌면 필자의 스스로의 노력에 대한 과대한 평가일 수도 있지만, 최소한 지금 한국정치의 불확실성과 남북문제의 전환점을 볼 수 있는 독자들이라면 이 문제에 대한 필자의 겸허한 지적을 이해할 수도 있을 것이란 조그마한 바람을 기대해 본다.

우리가 속해 있는 공동체가 잘 정립이 되지 않고 혼란과 갈등의 구조 속으로 떨어져서 통일된 민족의 내일에 대한 확고한 국민들의 비전이 결여되고 더불어 살아가는 건전한 공동체의식의 확립이 사이비 권력집단과 부패한 정치집단의 만연으로 지연된다면, 어찌 현세의 정치인의 한 사람으로 나라를 걱정하는 국민들과 더불어서 우리가 내일을 논(論)할 수 있을 것인가?

그동안에 필자가 발간한 6권의 시집, 두 권의 정책 공저, 그리고 한 권의 칼럼집이 학자로서, 시인으로서, 그리고 정치인으로서의 담론이었다면, 이번에 발간되는 칼럼집은 애국(愛國), 애민(愛民),

애향(愛鄕)의 마음을 구체적으로 실천하기 위한 필자의 뼈를 깎은 아픔과 고민의 산물이라는 이야기를 감히 전개하여도 부끄러움이 없을 것이란 생각을 해 본다.

이제 다시 만물(萬物)이 생동하는 2006년도의 봄이 오는 소리가 이곳 한밭에서도 생생하게 들려온다. 길을 잃고 방황하고 있는 대한민국의 정치도 다시 백성들을 위하는 낮은 자세에서 국민들을 섬기고 자신들의 오만(傲慢)과 독선(獨善)을 되돌아보는 계기가 되길 간절히 기원하면서 서문을 마칠까 한다.

지금 이 서문을 쓰는 이 순간도 백성들의 내일에 대한 좌절과 경제적 고통을 생각하면 새로운 정치문화의 조속한 창달을 통한 한국 정치의 부작용과 병폐를 하루 빨리 바로잡을 수 있는 새로운 정치 세력의 출현을 위한 우리 모두의 단합된 노력을 주문하지 않을 수 없는 시기란 생각을 해 본다.

2006년 3월에

국가의 명운을 가르는 고비에서

아석(阿石)

국제정치학자와 남북문제 시사평론가로 한 교회에서 남북 통일문제를 주제로 특별강연을 하고 있는 저자.

평소에 어린이들의 순수와 가능성을 사랑하는 필자가 지난 4.15 총선 국회의원 후보시 만난 학생기자들과의 인터뷰를 끝내고.

비록 여건은 열악하였지만 4.15 총선 유세기간중, 입바른 소리로 정책대결과 바른 정치문화의 물고를 트기 위한 유세를 하는 장면.

지난 4.15 총선에서 필자는 한국정치의 거물들과 대결하여 매우 의미있는 정치적 성장을 이루었다.
(선전벽보 경기 고양시 일산갑 선거구)

외교관으로 국제정치학자로 익히고 다져온 국제감각이 항상 필자의 활동에 큰 장점으로 다가온다.

바쁜 정치인의 일정중에서도 국제적인 학술대회에 수시로 참석하여 영어로 발표 및 토론을 일삼고 있는 저자.(2005년도 서울에서 개최된 〈유럽연합과 한반도문제〉를 주제로 한 국제회의에서)

이미 국제무대에서 많은 인맥을 보유하고 있는 필자가 민주태평양연맹(DPU Korea) 사무총장으로 같이
활동하며 가깝게 형제처럼 지내고 있는 필리핀의 중진 정치인인 자라울라 콘스탄티노 필리핀 하원 헌법
개정위원장과 함께.

민주태평양연맹 회원국들의 주요 간부들과 함께.

2005년 개최된 '자유동맹 10.24 국민대회'에서 서울 시청앞 행사현장을 찾은 영국의 BBC 방송과 〈대회의 취지 및 북한 정권의 미래〉에 대한 전망을 주제로 동 행사 국제위원장으로 대담중인 저자.(준비위 추산 약 3만여 명의 시민들이 참석)

평소 국제정치학자로서 한미관계의 중요성에 대한 많은 글을 쓰고 있는 필자가 '한미우호의 밤' 행사장에서 리언 라포트 전 유엔군사령관 겸 주한미군사령관과 〈한미동맹의 미래〉를 주제로 담소하는 모습.

'한·대만포럼 대표'를 역임하고 있는 대표가 2005년 10월 10일 열린 쌍십절 기념리셉션에서 이재방 대만대표부 한국대표와 함께.

필자의 가족들과 망중한을 즐기며.(아내와 아들 한성, 딸 한진)

2002년 새천년민주당 대선 후보 경선시 불공정 경선의 내막을 밝힐 것을 주장하면서 칩거에 들어간 이인제 당시 후보와 함께하고 있는 저자.(동아일보 기사사진, 후보 오른쪽이 저자)

The Korea Times

TS/FEATURES

WEDNESDAY, MAY 23, 1990

HUFS Senior Wins Speech Contest
'Paving Way for S-N Reunification'

Park Tae-woo, a senior at Hankuk University of Foreign Studies, has won the grand prize in the 3rd nationwide contest of university students in English speech and discussion on international peace. The political science and diplomacy major said in his speech that the ultimate goal of Korea's approach with the Soviet Union and other Communist countries should be getting their cooperation in achieving the peaceful reunification of the Korean peninsula. The contest sponsored jointly by the Graduate Institute of Peace Studies, Kyunghee University, and The Korea Times, was held at the GIP campus in Kwangnung, Kyonggi-do, Saturday. Kim Dong-ryul at Seoul National University was given 1st prize, Jung Hong-kyo at Korea University 2nd prize and Han Jae-hwan at Busan National University 3rd prize. Following are excerpts from Park Tae-woo's speech text:

By Park Tae-woo

I happened to read an English newspaper with the headlines "Kim Young-sam Meets Gorbachev On ROK-Soviet Relations." It was shocking news to the Korean people considering that the Soviet Union was still an unfamiliar country with a different ideology. Korea opened a consular office in Moscow five months ago, the first step in opening formal diplomatic relations. The sudden changes in the European socialist countries have altered the fixed conception of the Korean people about the Communist countries, and I personally regard the dialogue between the two countries as a good way to implement a meaningful Northward policy as a means of peaceful reunification.

In the second half of the 1980's, the political situation around the Korean Peninsula entered a phase of rapid changes. The Chinese are promoting active diplomacy toward the West and the Soviets under Mikhail Gorbachev have shaken the Cold War order of the world. It seems that the powers surrounding this peninsula have come to an agreement to ease tensions. But the means to achieve this goal are not simple.

In my view, a hasty alliance with the giant Soviet Union should be avoided, especially one prompted by the needs of politicians to advance their political causes. It would be more desirable to gradually develop relations with Moscow on the basis of mutual national interests. The government should also take into account its relations with the United States, Japan, and the other countries with which Seoul maintains close political, diplomatic and economic ties. These ties should not be damaged by new approaches toward the Soviet Union. The attempts to improve relations with China should not be negatively affected by overtures toward Moscow. And the ultimate purpose of all these approaches must be closely tied to national reunification.

The aim of the Soviet Union is to create a relaxation of tension on the Korean Peninsula moving away from its past tough ideological line and creating a more flexible, peaceful situation in the pursuit of its national interests.

How then should we Koreans cope with these changes? There is every possibility that the United States will accept the tension relaxation policy in the interests of detente. Japan will probably take the initiative, encouraging cross-national contacts. Then what should we do for the peaceful reunification of our motherland through the so-called "Northward Policy" which takes advantage of the current international democratization wave in the Communist countries?

Traditionally, international circumstances have influenced us very strongly, sometimes to an uncontrollable extent. As we have seen, in relation to recent changes among the four powers, the situation in Northeast Asia is heading toward a substantial economic cooperation phase. They are trying to secure their national interests through the relaxation of military tensions and the maintenance of stability on the Korean Peninsula.

The Northward Policy and the reunification problem can't be separated from each other. The Northward Policy should pursue the ultimate goal of peaceful reunification along with economic interests. We must recognize the fact that the supreme task of our nation is to develop political and economic ties with the super-Communist countries in such a way that stability and full economic benefits are secured through cooperation with each of them. This will pave the way for peaceful reunification.

After all, no true Korean could possibly deny the fact that political development should aim toward reunification.

1990년 5월 22일 개최된 '제3회 전국대학생영어웅변 및 토론대회'에서 대상을 받고 The Korea Times 5월 23일자로 기사화된 모습.

ENGLISH SPEECH CONTEST WINNERS — Winners of the English Speech Contest pose for a photograph with contest judges and Korea Herald executives, including President-Publisher Lee Jeong-woo (fifth from left, in the front row), at the convention hall of the Korea Chamber of Commerce and Industry building in Seoul yesterday. (Related story, photo on Page 11)

필자가 외교부 근무 시절 참가한 The Korea Herald 주최 제39회 전국영어웅변대회에서 수상한 모습.
(1999년 5월 14일자 The Korea Herald 기사, 오른쪽 맨 위가 수상한 필자)

The four prize winners of the 1st Shakespeare Speech Contest, sponsored by The Korea Times, pose for the camera with their certificates of awards yesterday. They are, from left, Yang Seung-jin, winner of the Silver Prize; Ahn Chak-hee, the Gold Prize; Ro Ho-kyung, the Grand Prize; and Park Tae-woo, the Bronze Prize. The event was co-sponsored by the Korean-British Society, Cathay Pacific Airways and the British Council.

Ro Ho-kyung Wins Grand Prize In Shakespeare Speech Contest

Ro Ho-kyung, a junior in the Department of Business Management at Seoul Women's University, won the Grand Prize in the 1st Shakespeare Speech Contest sponsored by The Korea Times yesterday.

필자가 경희대 평화복지대학원(GIP) 재학중에 참가한 '제1회 전국 셰익스피어 영어웅변대회'에서 수상한 모습.(영국문화원이 주최한 대회로서 맨 우측이 필자, The Korea Times 기사)

시(詩) *Poem*

하루 하루 시간이 갑니다
어제 얼었던 한강이 다시 풀리고
북한산의 한기(寒氣)가 온기(溫氣)로 다가옵니다
당신의 마음 속의 냉기(冷氣)도
이 마음 속의 갈등의 마음도
이 봄과 함께 녹아야 합니다
나라의 기운도 온화한 미소로
우리들에게 다가와야 합니다
걱정하고 또 걱정하고
다시 눈높이를 낮추어서
사랑하고픈 사람의 마음으로
또 나의 사람에게 기대를 해 보아도
어디 이 세상이
나의 마음처럼
그 진실을 이해하고
그 사랑의 마음을
나라와 우리의 공동체 속에 녹여
받아주지 않는 것 같아서
안타깝고 아플 뿐입니다.

김대중 전 대통령, 누굴 위해 평양 가나?

애매한 행보는 북한을 바른 길로 인도할 수 없어

최근의 언론보도에 의하면, 김대중 전 대통령은 4월중에 방북할 계획을 밝혔다. 민족화해에 모든 것을 걸고 정치를 해 온 인상을 주고 있는 김 전 대통령이 고령의 나이에 살아생전에 북한을 꼭 가야만 하는 이유는 무엇인가?

같은 민족으로서 인도적인 지원과 민족적 아량의 범주를 뛰어넘은 그의 대북 행보는 분명 국민들이 잘 모르는 남북 간의 흐름을 담고 있을 개연성(蓋然性)이 매우 크다.

더군다나, 남북 연방제(South North Conferderacy)에 대한 구체적인 소문이 미국 소재 한 한인 언론의 보도를 통하여 제시되는 미묘한 시점에 방북한다는 것은 일반 국민들의 입장에선 잘 모를 그만의 목적이 있음을 추측으로 짐작할 따름이다.

지난 31일 세계일보 창간 인터뷰에서 밝힌 그의 구상중에서 "기차를 통한 방북을 바란 것은 경의선 열차 개통에 관심이 많기 때문"이라는 사견은 지금 남북문제의 심각성를 무시한 낭만적이고 감정적인 접근이란 생각이 든다.

북한이 저지른 위폐문제에 대한 김 전 대통령의 북한 감싸기는 결국 민주주의에 대한 확고한 그의 사상도 민족문제 안에서 갈지자(之) 행보를 하고 있음을 보게 된다.

김 전 대통령은 북한의 위폐문제에 대해 "지난해 9월 6자회담 성공 직후 미국이 위폐문제를 들고 나온 것이 우연인지, 미국의 강경세력이 6자회담에서 양보했다고 반발해서 그런 상황인지 잘모르겠다"는 견해를 밝힌 것은 6자회담의 성공을 북한의 결단에 의해서 만들어진 기정사실로 받아들인 매우 불완전한 현실인식이란 생각이 든다.

이 문제를 전직 국가원수가 원칙에서 크게 벗어난 시각으로 북한의 엄격한 잘못을 두둔하는 것 자체가 매우 위험스런 대북관(對北觀)을 젊은이들에게 심어줄 수 있기에 우리 모두 그의 언행의 공과와 무게를 잘 저울질해야 할 시점인 것이다.

미국의 조지 부시 대통령의 신년연설에서 보여진 바와 같이, 그 어떠한 이유로도 세계의 평화를 위협하는 국수주의적 세력들에게는 그 어떠한 명분으로도 이들을 용서할 아주 세련된 근거가 쉽게 찾아질 것 같지가 않다.

우리가 미국 주도의 세계질서라고 아무리 큰 논리적 반박을 가해도 국제질서의 속성상 세계질서를 주도적으로 이끌 수 없는 우리의 입장은 더 현실적이고 세련된 외교전략을 구사해야 하는 시점인 것이다.

더군다나, 잘못된 이념성(理念性)을 고집해서 국가를 고사 직전의 단계까지 침몰시킨 반(反)인륜적 북한 독재 정권에 대한 역사적 평가가 혹독할 것을 알아야 할 전직 대통령의 애매모호한 대북관은 후대들의 평가에서도 그리 후한 점수를 얻진 못할 것이다.

* 2006. 2. 1.

북의 범죄행위도 민족주의로 감싸나?

기본 가치를 지키는 미국의 노선을 잘 보아야

북한 정권의 범죄행위를 맹목적 민족주주로 덮으려나? 단순한 민족보다 더 큰 가치를 추구하는 정부가 되어야.

북한이 위조달러를 제조하여 김정일 정권의 정권유지 자금으로 써온 현실을 타파하려는 김정일의 방중외교는 잠행(潛行)으로 더 큰 세계인의 관심을 모으면서 일단은 성공적으로 끝난 것처럼 보인다.

그러나 필자가 보기엔 엄청나게 큰 반(反)인륜적, 반(反)국가적 범죄행위가 중국 정부의 협조로 당장의 미국이 만드는 폭풍을 피해 갈 수 있을지언정, 언젠간 크나큰 대가를 치러야 할 시기가 올 것이다.

지금 우리 정부가 비밀리에 북한의 이러한 범죄 사실을 조용히 처리하는 것이 남북문제에 도움이 된다는 판단 하에 중국 정부와 공조를 취하는 듯한 분위기가 감지되고 있는 것은, 그나마 벌어지고 있는 한미(韓美) 간의 신뢰감에 치명타를 줄 수 있는 외교적 악수(惡水)가 될 수 있을 것 같아서 걱정이 앞선다.

최근에 중국 정부가 북한의 불법행위를 확실하게 잡고 있더라도 공개를 하지 않는 분위기에 편승해서 분명한 제제를 피상적으로 언급하는 미국 측의 의도와는 반대로 조용히 처리되기를 바라는 북한의 심중을 우리 스스로가 거드는 형국이 되고 있는 것이다.

미국이 아무리 마지노선을 양보해도 '북한이 정권 차원에서 책임을 인정하고 앞으로 절대로 재발방지를 약속하겠다' 는 확고한 증표가 없인 물러서지 않을 매우 중대한 사안(事案)이기 때문이다.

이 문제는 자칫 잘못하면 미국이 북한의 범죄 정권을 응징하는 무력수단을 동원해도 국제사회가 반대를 할 수 없는 매우 중대한 북한의 아킬레스건인 것이다.

우리 정부는 물밑에서 미국이나 북한이 다같이 수용할 수 있는 선을 찾고 있는 모양인데, 아무리 보아도 이러한 심각한 독재 정권의 범죄행위에 대한 우리 정부의 북한 편을 일정부분 옹호하는 외교적 노력은 오히려 우리나라의 국익(國益)에 해가 되어 돌아올 확률이 농후해 보인다.

더군다나, 미국 재무부의 대표단이 위폐의 증거를 설명하기 위해 이번 주부터 마카오와 일본, 한국을 차례로 방문한다는 일정이 있기에 우리 정부의 섣부른 북한 감싸기 외교행보는 더 큰 해를 초래할 수가 있기에 신중에 신중을 기하는 자세가 필요한 것이다.

아무리 북한이 부인을 해도 정권이 개입이 되어서 저지른 국제 범죄행위를 타협안이라고 내놓을 조정안들의 핵심 조정내용들이 정권의 개입 여부에 대해서는 불문에 부친다는 방향으로 갈 확률도 존재한다.

중국 정부와 한 패가 되어서 우리 정부가 이 안(案)에 동조한다면 이보다 더 큰 범죄행위를 북한 정부가 우리 정부에게 직접적으로 가해 왔을 시에 북한 정부는 북한의 정권과는 무관한 일이라는 주장으로 시치미를 뗄 가능성이 농후한 미래의 일도 심각하게 고찰(考察)해 보아야 하는 것이 아닌가?

요즈음처럼 반미친북(反美親北)이 민족주의를 지키는 자주성(自主性)의 상징처럼 사회 분위기가 좌(左)로 휩쓸리고 있는 시점에, 먼 장래를 보는 객관적인 국익을 잣대로 북한 정권의 범죄행위를 평가해야 한다. 이에 걸맞는 자유민주주의 철학을 기반으로 이 문제에 접근하는 것이 먼 나라의 장래를 위해서 올바른 선택이 될 것이다.

반미라는 국민정서를 등에 업고 북한의 명백한 범죄성(犯罪性)까지 두둔하는 과오를 저질러서는 안 된다.

우리가 지금 향유하고 있는 민주주의적 기본 가치인 자유와 인권, 평등, 그리고 물질적 풍요로움에 대한 기본적 중요성을 과소평가해서는 안 된다.

북한이 저지르고 있는 범죄의 기본 모습도 무리한 정권연장의 수단 마련 차원에서 저질러진 것으로, 바로 이러한 인류의 기본 가치들과 상충되는 모습이 있기에 단기적인 정권의 이득을 위한 처방보다는 앞으로 통일의 역사가 그려지는 장기적인 민주국가의 모습을 상정해서 판단하는 지혜와 대처능력이 필요한 것이다.

우리나라가 중국 정부를 믿고 살 수 있는 여건도 아닌 이 시점에서, 잘못된 것을 과감하게 잘못되었다고 꾸짖고 앞으로의 재발방지에 대한 확고한 약속을 전제로 한 이해와 관용의 정책이 차순(次順)으로 필요하다는 생각이다.

* 2006. 1. 18.

국민중심당, 한국정치 '中心'이 되라

1월 17일에 창당하는 국민중심당(대표 신국환, 심대평)의 역사적 무게가 어디에 있을까?

거대 여야(與野)를 포함한 기존의 정치 세력들이 국민들의 아픔과 바람을 말로만 어루만지고 행동으로는 정치인 자신들의 이권을 위하여 정치활동을 한다는 부정적인 이미지를 지우지는 못했다.

지금도 한국정치의 고질병인 파벌성(派閥性) 및 대권창출을 위한 모든 전략 동원하기 등은 국민들이 진정으로 바라는 '국민을 위한 정치'가 되는 부정적 한계성(限界性)을 많이 노출하고 있는 것이다.

지금도 많은 사례들이 이 정권이 국민을 위한 정치를 한다는 구호만큼 선봉에 서서 국민들의 세금을 정당하게 정치행위로 집행한다는 공정한 이미지를 주고 있질 못하다.

필자는 오늘 언론에 보도된 한 가지의 비근한 예를 들어서 우리 정치의 현 주소가 아직도 국민들의 소망보다는 정권 이득적인 접근으로 국민들을 실망시키고 있음을 알려주고 싶다.

1987년 1월 15일, 서해 백령도 서북쪽 28마일 공해상에서 납치된 동진호 피랍 19주년을 맞는 가족들은 무상한 세월의 흐름 속에서 자신들의 처절한 아픔을 만져주지 않는 정치행위를 어떻게 보고 있을 것인가?

그 당시 조기잡이를 하던 12명의 어부들은 납치를 당한 후 아직도 돌아오지 못하는 불귀의 신세로 남아 있다. 몇몇은 생사가 확인되었지만 나머지는 생사조차도 불투명하다.

가족들이 그렇게 간절하게도 정치권을 향하여 가족들의 처절한 기다림의 고통을 예로 들면서 가족들을 찾아달라는 탄원(歎願)을 해 왔어도, 대답 없는 19년은 이들에게 공허감(空虛感)과 허탈감(虛脫感) 속에서 국민들을 위해 일을 한다는 정치구호의 허구성(虛構性)만 느껴온 것이다.

정치란 바로 이렇게 소외되고 고통받는 백성들의 아픔부터 어루만져 주는 고도의 예술행위인 것이다.

용어부터가 국민중심(國民中心)으로 시작하는 신당은 이러한 국민들의 아픔을 어루만지는 작업부터 할 때에 국민들의 아픔도 껴안고 가는 국민의 정당으로 자리 잡을 것이다.

국민들이 아파하고 가려워하는 곳이 어디인지부터 파악하는 슬기로움으로 권력의 부당함을 꾸짖고 낮은 자세로 민초들의 아픔을 들고 정책으로 실천하는 국민의 심부름꾼이 되어야 할 것이다.

권력(勸力)의 실정을 비판하지 않고 국민들의 아픔을 어루만지는 역사는 없었으며 어려운 고난의 길을 피하는 자세로 국민들의 사랑을 받는 역사적 세력으로 성장할 수는 없을 것이다.

필자가 오늘 단순한 한 가지 사례로서 정치의 순기능을 이야기하지만, 권력은 항상 국민의 편에 서서 그들의 지지와 사랑을 기반으로 정당한 역사의 세력으로 자리매김될 수 있다는 사실을 명심하자.

동진호 피랍선원 가족들은 '지난 2003년 12월에 국가인권위 사무실에서 4박 5일간 점거농성을 벌이며 2004년 4월에는 납북자 가족 인권침해에 관한 실태파악과 특별법 제정 권고안을 끌어냈지만, 2년이 다 되도록 정부의 주무부서조차 정해지고 있지 않다'는 한 신문의 보도는 말로만 국민을 위한 정치를 외치는 정치권력의 허구성을 잘 읽을 수 있는 좋은 사례이다.

물론 남북 관계의 특수성을 고려한 정책적 판단도 있겠지만, 국민을 받드는 정부의 태도는 분명 아닌 것이다.

대선 후보였던 이인제 의원도 동참하는, 새로운 태동을 하는 '국민중심당'은 바로 이러한 문제서부터 국민을 정치행위의 중심에 놓고 소시민(小市民)들의 아픔을 들어주는 정당이 되길 바란다.

* 2006. 1. 16.

판도라의 상자 '북한 김정일의 정상외교'

과연 우리 정부는 사태파악을 제대로 하고 있나?

많은 지인(知人)들과 만나는 공식·비공식의 모임에 가면, 올해에 한반도 주변에 일어날 위기관리(crisis management)문제를 놓고 걱정을 담은 토론에 몰두한다. 물론, 이러한 담론 형성은 우리 사회 내의 정보의 흐름을 읽어내는 노력을 게을리하지 않는 지식인들이 주축이 되어 형성되고 있다.

그동안 길게는 10여 년의 세월을 두고 북한의 핵(核)을 정점으로 한 무리한 독재 정권 유지 게임의 전모가 추측의 단계를 넘어선 확증의 단계로 접어들면서, 6자회담의 유용성도 땅에 떨어져서 우리 정부만 '죽은 자식 불알 만지는 뒷북' 만 치는 형국이 되고 있다.

이번에 김정일 위원장이 중국을 비밀리에 방문하면서 우리 정부가 국민들을 향해서 내놓고 있는 반응이나 대책은 이상하리만큼 조용하기에 더 걱정이 되는 것이다.

이번 사태를 모르고 지켜보고 있는 정부라면 더 큰 문제이고, 만약 이를 알고 국민들과 북한의 모순과 심각한 위기상황을 말하는 사실들을 알릴 수 있는 선까지 알리고 국민들과 공유하지 못할 정부라면, 앞으로 급속한 사태의 악화로 더 큰 문제점에 직면할 수가 있는 것이다.

북한은 무엇이 그렇게 두렵고 떳떳하지 못하면 국가의 정상이 외국을 방문하면서 일정을 철저히 비밀에 붙이고 경호를 이유로 잠행(潛行) 아닌 잠행를 하는 것인지 곰곰이 생각해 볼 일이다.

이러한 비상식적이고 지탄받는 잠행으로 국가 정상의 체면을 구기고 있는 북한을 두고 국제사회에서 빠른 시간 안에 개혁 · 개방을 할 수 있다고 믿는 사람이 어디에 있단 말인가?

'자주(自主)와 외세배격'을 정권존립의 큰 기반으로 삼고 있는 북한이 오히려 유일한 혈맹인 중국에만 모든 것을 의존하며 국가의 생존을 구걸하는 행태가 계속되는 모습에서 이들이야말로 자주를 일상용어로 쓰면서 가장 비자주적인 국가의 모습을 연출하고 있는 것이다.

국제사회에서 정상적인 보통국가로 인정되기가 어려울 만큼 범죄 정권(criminal state)으로 낙인찍혀가고 있는 북한 정권이 진정한 자주의 기반인 국제사회의 신임을 다 잃어가고 있는 안타까운 사실을 우리들이 더 자세히 살펴볼 일이다.

북한의 김정일 정권이 심각한 대내외적 위기에 봉착해서 위폐문제, 북핵 회담 진로문제 등에서 중국의 협조가 절대적인 시점에 이르게 된 시점에서 잠행으로 기록된 중국 방문의 목적은 누가 보아도 간절한 협조부탁을 위한 상황설명의 성격이 매우 농후해 보인다.

지금은 잘 알려지기가 쉽지 않지만, 지금 김정일 위원장이 중국의 북경에서 중국의 지도부와 대화를 나누고 있는 판도라의 상자 안에는 우리 한반도의 운명을 결정할 수 있는 중요한 안건(案件)들이 놓여 있을 것이다.

이러한 안건의 구체적인 내용이 더 알려지기 전에는 추측으로라도 우리의 안보자세를 더 가다듬고 안정적으로 한반도의 안보위기를 관리할 수 있는 대비책 마련에 모든 힘을 모아야 할 것이다.

지금의 정권이 국가의 운명을 걸고 정권연장을 위한 술수로서 확실한 검증의 장치가 결여된 이 시기에 김정일 위원장을 이용한 위험한 '연방제 게임'이나, '평화군축 선언' 같은 비상대책을 마련하고 코너에 몰린 김정일 정권을 두둔하고 살리는 비(非)상식과 비(非)정도의 게임을 절대로 해서는 안 될 것이다.

북한의 유일한 혈맹국가란 중국의 입장에서도 미국이 명분이 명확한 증거로 북한의 잘못을 질책하는 분위기 속에서 북한을 계속 무조건적으로 두둔하기가 어려운 순간에, 북한의 입장에선 우리 정부를 이용한 돌파카드 마련이 유일한 해결책일진데, 이러한 북한의 대남(對南) 전술을 협소한 정파의 대권창출이란 이득을 위해서 용인하는 민족의 반역(反逆) 정권이 되어서는 안 될 것이다.

　＊ 2006. 1. 12.

신당, '충청心' 실망시키면 말짱 허탕

신 정치 세력, 애국충정 행동으로 옮기는 용기 가져야

요사이 황우석 박사 파동을 보고서 국민들은 진실(眞實)을 소유한 믿음의 지도자를 더 갈구하게 되었다. 아직 줄기세포 성과에 대한 과학적인 검증을 기다려야 하는 입장이지만, 완성도가 덜된 업적을 완벽하게 보이려는 성급한 의도에 대한 도덕적인 책임은 피할 수 없을 것으로 보인다.

정치행위도 진실(眞實)과 대의명분(大義名分)의 기반이 없는 거짓과 위선(僞善)은 훗날 역사의 가혹한 심판을 받게 되어 있다.

가칭 국민중심당(國民中心黨)의 국민중심의 철학을 실천한다는 취지는 훌륭한 것이다. 아직까지 영남과 호남의 지역패권 구도를 극복하고 있질 못한 한국의 고질적인 정치풍토에서 충청인(忠淸人)들이 느끼는 피해의식이나 소외감은 적지 않을 것이다.

이 이야기를 하는 것은 지역감정을 자극하기 위한 것이라기보다는, 앞으로 한국정치가 이뤄야 하는 합리적 정책대결 및 인물위주의 대통령선거를 위한 대안(代案) 모색 차원에서의 문제제기인 것이다.

필자도 충청도 출신이다 보니, 그래도 충청도의 심대평 지사가 중심이 되어서 추진되고 있는 가칭 국민중심당에 대한 기대가 자못 크다.

시기적으로도 나라가 내우외환(內憂外患)의 소용돌이 속에 있고, 국민들이 직면한 좌(左)와 우(右) 이념의 굴레를 느끼고 있는 혼돈 속에서 진실한 정치인들이 나라를 일으켜야 한다는 강한 느낌을 국민들이 받고 있기 때문이다.

기존의 잘못된 정치를 탓하면서 국민들이 중심이 되는 정치를 하겠다는 정치집단은 단호한 목소리로 잘못된 통치권력의 횡포와 국정의 실패를 두려움 없이 비판하는 용기가 있어야 하고, 제대로 된 국정의 맥(脈)을 잡아가는 합리적인 정책적 대안을 내놓아야 한다.

이러한 일을 할 수 있는 집단은 그 안에 다양한 인재의 풀을 가동시킬 수 있는 역량과 명분이 있어야 한다. 그리고 개방성과 포용성을 갖춘 당의 지도 노선이 국민들의 피부에 느낄 수 있는 정도의 보편성을 갖추어야 한다.

하지만 안타깝게도 아직까지 가칭 국민중심당은 파당을 초월한 인재를 발굴하고 모으는데도 실패하고 있고, 야당으로서의 선명성을 갖고 집권당의 무능과 독선(獨善)을 견제하는 목소리는 더욱더 부재한 실정이다.

국민들이 원하는 새로운 나라의 건설을 위한 정치 세력이 되기 위한 기본적인 역사의식과 책임의식의 측면에서도 기존의 정치 세력과 차별되는 뚜렷한 특징이 보이지 않는다.

당(黨)을 운영하는 노선으로 탈(脫)이념을 주장하는 방식이 다급한 한반도 주변의 국제정세를 능동적으로 담을 수 있는 패러다임이 될 수 없고, 분권형 정당제도가 현재의 집권당이 저지른 안보와 경제에서의 실정을 치유할 수 있는 대안이 될 수는 없다.

좀 더 구체적이고 실질적인 현실인식이 있어야 하고 의(義)로운 길을 가겠다는 큰 결의가 보여야 한다.

지금 존재하는 제1야당인 한나라당이 뒷북만 치는 투쟁 노선으로 여당의 독주를 견제하지 못하는 이유를 잘 알고 있을 신당은 이에 대한 국민적 여망을 잘 읽어내어 선명한 정당으로 다시 태어나, 현 정권이 저지르고 있는 성급한 민족문제 추구로부터 오는 역사적 부정의(不正義)를 단죄하고 선명한 투쟁 노선으로 공명정대(公明正大)한 정치문화를 일구겠단 결연한 의지가 보여야 한다.

창당도 되기 전에 하는 다소 이른 주장일 수도 있지만, 창당을 한 달도 안 남겨놓은 시점에서 지금의 가칭 국민중심당이 보이고 있는 당 운영상의 독선 및 폐쇄적인 인적자원 영입 행태는 이러한 국민들의 우려를 자아내기에 충분한 조건이 되는 것이다.

이러한 조건과 자격에 미달된다고 스스로 생각하면, 무리한 욕심을 내어서 불분명한 목적으로 성급한 정치일정을 만들 것이 아니라 정말로 애국충정(愛國忠情)으로 무장한, 자격이 있고 실력이 있는 후배들이 나올 때까지 차분히 기다리면 된다.

몇 달 전에 예산에 있는 윤봉길 의사의 사당에서 윤봉길 선생님께서 살다 가신 의로운 삶에 감동되어 사당 성내를 서성인 기억이 새롭다.

지금은 일제시대와 상황이 다르지만, 국내외의 정세가 급물살을 타는 불확실성의 시대에 제대로 된 살신성인(殺身成仁)의 지도자와 정치 세력을 갈구하는 역사의 부름은 똑같은 것이다.

이러한 의로운 역사의 부름을 소임으로 여기고 충청인(忠淸人)을 포함한 전 국민의 기개와 충절을 심어내는 새로운 정치 세력의 존재는 자신의 조그마한 희생이 내일 더 좋은 나라의 건설로 이어진다는 확고한 신념이 없인 불가능한 것이다.

아픈 충고는 아직 희망이 있을 때에만 하는 것이라는 진리(眞理)가 생각이 난다.

필자는 가칭 국민중심당을 하는 새로운 정치 세력들이 조금이라도 이러한 역사의 부름을 소명으로 인식하고 자신들의 사사로운 영달보다는 국가의 백년대계(百年大計)를 위해서 헌신하는 나라의 동량이 되길 간절히 바랄 뿐이다.

* 2005. 12. 18.

위선자(僞善者)가 된 대한민국의 지도자들

믿지 않으려는 국민들을 탓할 순 없어

대한민국의 근대정치가 정치공작의 소용돌이 속에서 불신(不信)과 혐오(嫌惡)의 대상으로 전락한 뒷배경에는 권력자를 비호하는 정보기관들의 정치공작이란 기형아가 숨어 있었다.

대한민국 정치에서 민주화의 상징으로 자리잡아 온 김영삼, 김대중 전직 두 대통령이 최고 통치자가 된 이후에도 그들이 그토록 다짐한 정치공작의 근절을 깨끗하게 청산하지 못하고 불법도청이라는 부도덕한 통치기법을 전용했다는 검찰의 발표는 이제 더 이상 추락할 곳이 없는 한국정치의 어두운 그림자를 잘 반영하고 있다.

두 대통령이 겉으로 표방한 국민의 정부, 문민의 정부 수면 하에서 자행된 달콤한 권력놀음의 전모가 도청이라는 한 변수를 통해서 공개된 것이 한국의 정치풍토에서 그리 새삼스럴 것도 없어 보이지만, 정치권이 국민들로부터 총체적으로 불신을 받아야 하는 이유의 한 단면을 보여주는 것 같아 마음이 무겁다.

결국 이 나라에 왜 젊은이들이 따라야 할 어른이 존재할 수 없는지를 보여주는 단적인 사례이다.

노벨 평화상까지 타서 세계적으로 인권 대통령으로 이름을 날린 김대중 씨가 어떻게 국민들을 상대로 이러한 모순을 설명하고 기만과 거짓의 정치를 해명해야 할지 국가적 위신의 문제로 걱정이 앞선다.

소위 화끈한 성격의 소유자, 김영삼 대통령도 자신의 재임기간 중 일어난 도청에 대한 반성을 먼저 해야 한다. 남의 잘못을 탓하는 언어의 도그마에 앞서서 이 한국의 현대사를 이끌어간 한 지도자로서 국민들에게 참회와 용서의 말을 해야 한다.

아직도 대북 포용정책이란 노선으로 통치 시절의 그림자가 한국정치에 큰 영향을 미치고 있는 김대중 전 대통령이 그의 두 부하인 국정원장이 구속되는 사태에서까지 침묵과 방관으로 정국을 방관하고 있는 저의가 무엇인지 해명하는 기회를 통하여 그나마 꺼져가는 전직 대통령들의 어른스럼에 대한 진솔한 고백과 후회가 있어야 할 것이다.

또다시 적당히 시간을 벌면 국민들이 다 잊어 버리고 과거의 일들이 덮어진다는 구 시대적 사고를 하지 말기 바란다.

이제 국민들은 이 두 전직 대통령에 대한 냉정한 평가를 할 것이다. 그들이 아무리 높은 지위에서 노벨 평화상을 타고 한 지역의 맹주로 한국정치를 요리했어도 이제 그들의 도덕적 권위와 신뢰성은 추락한 한국의 정치 신뢰도처럼 바닥에서 머물 것이다.

여기에 한국 현대정치의 비극이 있고, 국민들이 해야 할 큰 과제가 있는 것이다.

지금도 한국의 정치판은 국민을 우습게 알고 자기들의 협소한 정치적 파당 이익을 위해 거짓말을 일삼고 정치발전에 큰 걸림돌로 각인된 세력들에 의해서 농단되는 측면이 강하다.

언어의 폭력에서, 선전선동, 그리고 국민의 이름을 판 자가 합리화 등, 하루 빨리 한국의 정치문화가 깨끗하고 유능한 정치인들에 의해서 주도되는 시간이 오길 바란다.

정치인들의 책임이 매우 큰 것이다. 이 또한 국민들의 책임이 전혀 없다고 할 수는 없지만 말이다.

* 2005. 12. 15.

북한 인권을 바라보는 현 정부의 본질(本質)

북(北) 인권을 방관하는 것이 한반도의 안정을 위한 것인가?

황장엽 전 북한 노동당비서는 어제부터 열리는 서울국제인권대회 연설에서 "친북반미 학생 북(北)서 살아봐라"는 메시지로 '온 땅을 인권 유린의 감옥으로 만든 김정일 독재 정권을 규탄하기보다 한국을 미국의 식민지로 규탄하고 있는 한국 내의 젊은이들을 향해 어떻게 제정신을 갖고 있는 청년이라 볼 수 있느냐며 북한으로 넘어가 북한을 체험해야 실정을 제대로 알 것' 이라는 애절한 의사표현을 했다고 한 일간지가 적고 있다.

이 이야기는 이제 평범한 이야기가 아니며 우리 정부가 국제사회의 인권단체 및 인류 양심의 소리와 더불어서 함께 떠들어야 하는데도, 오히려 우리 정부의 소극적이고 북한 눈치를 과도하게 보는 소인배적 행태가 계속되면서 제대로 된 국민들이 오히려 정부를 규탄해야 하는 시점까지 오게 되었다.

국민의 정부·참여정부가 추구하고 있는 북한 정권을 점진적으로 개혁·개방으로 몰고 가겠다는 평화·번영·포용정책 선언 잉크가 마르기도 전에, 원초의 평화정신을 훼손하는 처신을 계속하고 있는 북한의 독재 정권의 본질이 조금도 변하지 않고, 그 모순에 가득한 체제를 유지하는 것에 모든 것을 올인하고 있는 고집스런 북한체제의 모습에서 오히려 그동안 행해 온 과도할 정도의 대북(對北) 지원이 우리에게 핵(核)으로, 군사적 공격수단으로 역류하고 있는 것이 아닌가 하는 생각을 해 본다.

우리 한민족의 형제자매들이 인간 이하의 짐승 같은 대접을 받으면서 수탈·억압의 쇠사슬 속에서 고통받고 있는 현실을 민주적인 통일의 굳건히 다가서야 할 대한민국 정부가 제기하지 못한다면, 이는 심각한 스스로의 내부 모순 속에서 매몰된 남북문제의 실타래를 더 어렵게 만들고 있는 것이 아닌가 하는 생각이 든다.

혹시나 현재의 통치 세력은 앞으로 우리가 추구해야 할 통일의 정체성을 자유민주주의가 근간이 되는 통일이 아니어도 무방하다는 생각을 하고 있는 것은 아닌가?

북한 인권문제의 가장 큰 당사자인 한국 정부가 회피와 방관으로 북한의 눈치를 과도하게 보는 연유는 무엇인가?

수잔 숄티 미국의 디펜스 포럼 회장도 "현재 남한 정부는 북한 인권을 외면하는데 이는 김정일의 정권 붕괴를 지연시키는 결과를 낳고 있다. 한국과 미국이 북한에 원조해 준 돈이 연간 90억 달러이고 햇볕정책에도 수억 달러 지출되었다. 이는 결과적으로 북한 정권의 밀매와 마약거래, 대량살상무기 원조에 지원해 준 것에 지나지 않는다. 북한 인권에 대해 침묵하면 더 많은 북한 주민들이 희생당할 것이다. 인권이야말로 자유사회의 가치다. 핵(核)문제와 인권문제는 둘 다 마찬가지로 중요하다. 북한 사람들이 언젠가는 자유를 얻을 수 있으리라는 희망 하에 우리는 노력해야 한다"는 연설을 했다고 한 일간지가 적고 있는데, 그 내용의 핵심을 우리가 잘 파악할 필요가 있다.

이 수잔 숄티 디펜스 포럼 회장의 연설 요지는, 필자가 보기에 한국의 과도한 북한 정권 감싸기는 결과적으로 북한의 독재 정권을 연장시켜서 더 많은 인권유린 및 폭정의 연장을 가능케 하는 주요한 수단이니 만큼, 진정으로 인간의 가치를 위해 정치적 지향점을 설정한 자유민주주의 국가는 인류 보편적인 양심의 소리에 귀를 기울이고 함께 보조를 맞추어야 한다는 것이다. 우리 정부의 '말 따로 행동 따로'의 이중성을 지적하고 있는 것이다. 국제정치학자인 필자가 요즈음 매우 궁금하게 생각하는 것이 있다.

미국 정부와 한국 정부의 북한 인권 및 북한 정권을 보는 시각이 시간이 지나감에 따라서 더욱더 간격이 벌어지고 있는 현 시점에서 우리 정부가 미국과의 공조의 틈새를 벌리면서 북한과의 협조체제를 긴밀하게 다지는 이유가 무엇이냔 말이다.

이제는 서울의 미국 외교관이 나서서 북한을 범죄 정권이라고 규정할 정도의 상황이라면 현(現) 정부의 외교정책은 가히 낙제점 수준이 분명한 것이다.

북한이 등소평 정도의 실용주의적인 리더십을 기반으로 믿음성 있는 개혁·개방 노선을 추구하는 정권이라면 다소 생각을 해 볼 여지가 있지만 말이다.

대북 포용정책의 전도사인 김대중 전 대통령이 노벨상 수상 5주년 기념행사장에서 "북한에 식량과 비료, 생필품을 지원하는 것은 북한의 사회적 인권에 기여하는 것이고 북한의 정치적 인권을 점진적으로 개선해 나가야 한다"는 발언을 했다는 보도를 접하고, 필자는 정확한 민심의 소재를 잘 파악치 못하고 있을 뿐만 아니라 북한의 참혹한 참상에 깊이 있는 성찰이 없이 단순한 관념론을 달콤한 말로 묘사한 부적절한 한 노정치인의 발언으로 생각하게 되었다.

상황이 이러한 지경이 되니 시중에는 우리의 국익이 이처럼 엄청나게 잠식당하는 부정적 효과 속에서도 김정일 정권의 폭압적 체제를 옹호하는 김대중 전 대통령, 노무현 대통령의 대북(對北) 노선이 무슨 말하지 못할 사유가 있는 것이 아닌가 하는 의심을 하는 것이다.

설사 말 못할 정권 내부의 사정이 있다 해도, 우리 정부의 외교부, 국가인권위, 그리고 인권대사 등이 이 행사를 의도적으로 피하고 형식적인 하층관료들의 참관 수준에서 북한의 인권문제를 수면하(下)로 밀어넣으려고 하는 진짜 의도가 무엇인지 온 국민들이 묻지 않을 수가 없는 것이다.

작금의 국민 중 80% 정도가 매우 부정적으로 현 정부를 보고 있는 진짜 이유가 무엇인지에 대한 현 정권의 진지한 고찰이 선행되지 않는 한, 현 정부의 북한 인권관(人權觀) 역시 국민들의 일반정서와는 동떨어진 인식임에 틀림이 없는 것이다.

더 배우고, 더 많이 경험한 사회의 지도층 및 정책 당국자들이라도 국가의 백년대계를 위한 사회 고발을 열심히 하고 권력층에 대한 가감 없는 고언(苦言)을 해야 하는 것이 아닌가?

권력층이야 권력에 취해 자신들의 정치적 이득을 위한 견해만을 고집하는 실수를 한다지만, 국가를 이끌어가는 올바른 양심 세력들이 잠을 잔다면 나라의 미래는 참으로 암울한 것이다.

* 2005. 12. 9.

한국의 보수가 가야 할 길

거짓 진보의 허구성을 알리고 국민의 신뢰를 얻어야

지금 국민들은 이 나라의 국가 정체성 혼란에 대한 걱정을 많이 한다. 과거에 대한민국의 정체성을 부정하고 북한의 적화 노선에 앞장섰던 좌파 인사들을 민주화운동 유공자로 둔갑시키고 있는 현(現) 정부의 대한민국 정체성 변혁시도 및 말살행위를 깊이 개탄하고 있다.

그렇다고 한나라당이 이 문제를 깊이 있게 다루는 용기와 결단을 보여주고 있질 못하다. 그 이유는 간단하다. 탈(脫)이념의 노선으로 실용주의적 사고를 많이 하는 우리 사회의 젊은층을 선거에서 표로 견인해 내는데 이념에 기댄 국가 정체성 논쟁이 효과적인 수단이 아니라는 판단을 하기 때문이다.

젊은층들의 사고가 국가의 국시를 기반으로 한 애국충정을 논하는 정체성 논쟁이 일부 극우 세력의 전유물이라는 인식을 바꿀 한나라당의 전략과 충정의 부족을 탓하지 않을 수 없다.

대한민국은 아직도 좌우 이념대결의 연장선상을 부정할 만한 부정적인 냉전의 질곡(桎梏)을 극복 청산하지 못하고 그릇된 편향된 시각으로 일관하고 있는 일부 친북 좌익 세력들이 주체가 되어서 북한 정권의 대남 해방 노선에 일정부분 방조하는 일부 관념론자들의 방치와 용인으로 오히려 극심한 이념대결의 소용돌이 속에 매몰되어 있는 것이다.

진실(眞實)을 진실로 이야기하고, 거짓을 거짓으로 참으로 증언하고 설명해도 오히려 색깔논쟁으로 매도당하고 수구꼴통으로 낙인찍히는 부정과 증오의 악순환을 반복하고 있는 것이다.

아직은 마지막 남은 모순과 구시대의 체제동력을 무기로 낡아빠지고 시대착오적인 남조선 해방전략에 올인하고 있는 김정일 정권이 전개하는 대남 심리전과 대남 해방 노선에 편승하면서 대한민국의 정체성을 부정하고 북한의 폐쇄적 민족 노선에 편승하는 반(反)민족적이고, 반(反)역사적인 세력들에 대한 저항과 투쟁으로 이어질 야당의 당연한 역할을 포기하는 한국의 정치권이 한심할 따름이다.

한국의 젊은이들이 다소 감정적으로 진보 편에서 보수의 허구성을 논하는 모습을 보지만, 진정한 보수의 의미를 잘 아는 젊은이들이라면 현재 대한민국의 애국 세력들이 전개하는 운동의 방향과 깊이를 단순한 언어인 '극우니, 수구꼴통' 이니 등으로 매도하진 못할 것이다.

이 문제는 단순한 진보의 대칭 개념으로서가 아니라, 나라가 기본

질서를 굳건히 해 나가는 체제수호의 문제라고 보여진다.

한 언론에 보도된 한국사회여론연구소(KSIO)가 여론조사 전문기관인 TNS와 공동으로 11월 29일 전국 성인 700명을 대상으로 실시한 전화 여론조사에서 차기 정부가 보수성향이었으면 좋겠다는 응답자가 처음으로 진보성향을 압도하는 것으로 나타났다.

한 마디로 진보적인 성향을 가진 국민들이 더 많지만 정책적인 지향점으론선 사회의 안정이 더 중요하다는 성향을 보이고 있는 것이다.

현재 국민들이 지향하는 성향이 '진보는 좋지만 개혁은 싫고 보수는 싫은데 안정은 좋다'로 요약되고 있다는 한 언론의 분석에서 드러나듯이 여전히 국민들이 보수 정치권에 큰 매력을 느끼지 못하는 것으로 판단된다. 변화는 선호하지만 아마추어 개혁이 몰고 온 혼란과 무질서에 대한 국민들의 혐오증을 그대로 드러내고 있는 것으로 보인다.

이것은 한국 보수주의의 큰 문제점이다. 기존의 한국의 보수가 갖고 있던 탐욕스런 권력자 및 자본가의 이미지를 도덕적 노블리즈 오블리제를 실천하는 존경과 믿음의 대상으로 전환하는 뼈아픈 노력이 우리 앞에 있음을 반증하는 것이다.

진정한 보수와 진보의 의미를 국민들에게 잘 홍보하고 한국의 보수층이 젊은 개혁적 마인드로 새롭게 무장하고 안정을 기반으로 점진적인 변화를 추구하는 믿을 수 있는 사회의 주도 세력으로 자리잡는 과제가 우리 앞에 있는 것이다.

* 2005. 12. 2.

핵(核)을 고집하는 김정일이 누구인가?

민족화해로 모든 것을 덮을 순 없는 일

대학에서 학생들과 대화를 하다가 한민족의 현실에 대한 대화 주제로 간간히 북한문제에 대한 의견을 교환하곤 한다. 냉전의 찌꺼기를 청산하고 있질 못한 한반도의 음영(陰影)이 음산한 기운으로 우리들의 행복지수를 위협해도 젊은이들은 북한을 민족적인 감성으로 좋은 이야기만 하면서 화해와 협력 속에 도사리고 있는 위험한 함정을 보고 있질 못하다.

대한민국에 망명하여 북한 정권의 본질에 대하여 끊임없이 문제점을 제기하고 우리 국민들의 정확한 북한 이해를 주문하고 있는 전 북한 고위층 인사의 김정일이 통솔하는 병영국가, 북한에 대한 평가는 간단하다.

비교적 스탈린주의에 충실한 사회주의 건설을 꿈꾸었던 김일성과는 달리 김정일은 정통의 막시즘(Marxism), 레니니즘(Leninism)에다가 한국의 유교적 가부장적 권위를 가미한 수령 위주의 수령 중심 공산당 독재를 합리화하고 그 연장선상에서 사회주의 역사에서 전무후무(前無後無)한 부자 세습의 역사를 기록하고 있다는 것이다.

당(黨)의 계급 독재까지만 인정하던 초기의 김일성주의를 수령의 절대 독재를 합리화하는 수준으로 격상시킨 김정일의 숨은 노력을 간과하고 있는 한국의 대북(對北)문제 전문가들이 이론적으로만 김정일을 평가하면서 남북 화해와 교류로 북한의 극심한 정치경제적 모순을 풀 수 있는 것처럼 설파하는 것은 큰 실수라는 지적이다.

한 조찬 강연에서 이 인사는 주민들의 체험지수를 이야기하면, 동유럽의 폭군 차우체스크의 공산 독재가 그를 단두대에 세우는 국민들의 저항을 목격하였지만, 사실 북한의 독재는 이보다 10배는 더 처절하고 조직적이라는 것이다.

따라서 우리는 북한의 본질에 대한 더 정확하고 냉정한 평가를 할 필요가 있다는 것이다. 북한의 처참한 현실에 대해서 설명을 해도 이를 믿지 않으려는 남한의 전후 세대들의 인식의 문제점을 예로 들면서 아직도 냉전구도의 얼음을 녹여내고 있지 못한 보다 더 근본적인 이유에 대한 학습의 필요성을 느낀다.

6.15 선언 이후 우리 정부의 대북 정책 노선이 민족화해와 교류로 모든 것이 풀릴 것 같은 정부의 장담 및 홍보를 보지만, 실질적으로 우리가 인도적인 지원을 하는 이면에서 북한의 정권이 각종 관광사업 등의 명목으로 현금으로 벌어들이는 돈이 쓰이는 용처를 검증도

없이 무조건적으로 지원해 온 국민의 정부·참여정부의 대북 협력 노선이 많은 문제점을 노정하고 있음이 보이지 않는가?

대한민국의 국익을 명백하게 해치고 있는 친북반미 노선을 누가 조장하고, 누가 김정일의 인간성을 신뢰할 만한 인물로 선전하고 있는가?

중국 정부의 북한 정권 감싸기 전략이야 완충국가(buffer state)로서의 북한이 미국을 견제하는 훌륭한 카드라는 인식에 기초하고 있지만, 우리 정부의 지나친 민족공조에 기댄 북한 감싸기는 어떠한 전략이며 누구를 위한 전략인지 재점검할 시점이 된 것이다.

아직도 지금 북한이 개발하고 있는 북한의 핵이 통일 이후에 우리 민족의 무기로 둔갑한다는 환상을 갖고 있는가? 이 경우의 통일은 어떠한 방식에 의한 통일이며 누가 주도권을 쥔 통일형태인가?

핵을 갖지 말아야 할 북한이 핵을 갖게 되었고 한층 더 세련되고 가공할 만한 위협을 갖춘 무기로 개발하고 협상 테이블에서 미국과 카드로 써먹을 수준의 핵기술과 운반기술을 보유하는 날에는, 우리 정부의 자주국방 능력은 일순간에 북한의 종속변수로 전락하여 한반도의 주도권을 북한이 쥐게 된다는 사실을 까맣게 잊어 버리고 있단 말인가?

통일지상주의는 북한식의 사회주의 노선을 버리지 않은 노선을 수용할 수 있다는 논리인 것인가?

* 2005. 11. 30.

일자리 창출을 최우선으로 하는 정부가 되라

노무현 정부 들어서서 시간이 갈수록 민생경제의 체감지수는 최악(最惡)으로 치닫고 있다. 시장의 바구니 물가가 아니더라도 젊은 예비 취업주자들의 고민과 험난한 삶의 파고가 갈수록 높아지고 있다.

학계의 수많은 경제학자들이 자신의 전문영역에 국한된 미시적인 시각으로 저(低)성장과 고(高)실업의 문제점을 나열하고 있지만, 정작 근본적인 처방에 대한 깊이 있는 주장이 눈에 잘 띠질 않고 있다.

IMF를 극복하는 과정에서 과다한 무조건적 외자유치를 허용하여 외국자본의 국내자산 보유비율이 급증하면서 지구촌시대의 국제정치경제 질서 속에 살아남고 있는 한국의 대표적인 기업들의 정상적인 기업활동을 통한 이윤들이 서민들의 주머니 사정과는 별개로 고스란히 외국자본가의 손으로 들어가는 악순환을 보고 있다.

WTO체제 속에서 부(富)를 일구어야 하는 대표적인 무역국가로서 거부할 수도 없는 국제 투자자본의 순환논리이지만, 이 상태로 고용 없는 성장을 방치하면서 임금과 물가의 문제가 악화되는 것을 방관할 수도 없는 노릇이 아닌가?

외자 도입으로 일자리를 창출하려는 정부의 정책이 한두 가지의 부정적인 측면의 부각으로 절대로 무시되어서도 안 되고, 이로 인한 부작용에 대한 치유를 연구하는 노력도 과소평가되어서는 안 된다.

어느 한 사회 저명인사는 과다한 외국 단기성 투기자본의 유입으로 단기 수익을 챙기는 증권시장의 예를 잘 보라고 권고한다. '증권 망국론' 으로 서민 투자가들의 몰락을 예로 들면서 외국자본의 폐해를 이야기하고 있지만, 그렇다고 금융시장을 걸어 잠그고 쇄국정책으로 갈 수도 없는 노릇이 아닌가?

우리가 아무리 정보화시대의 회오리바람 속에서 소수의 창조적인 엘리트의 국가운영 과정에서의 역할을 이야기해도 국민의 대다수가 일할 수 있는 소중한 일터를 만드는 것이 정부의 최대 과제임을 똑바로 알아야 한다.

정보통신시대 지구촌 규모의 급물살이 정보화시대의 일자리 구조를 급격하게 소수의 창조적 엘리트 위주로 구조조정하면서 다수의 노동자들의 일자리를 없애고 있는 안타까운 현실을 지켜보면서 분석만하고 방관하지 말아야 한다.

부정적인 여파를 최대한 줄이고 문화산업을 비롯한 기타 서비스

분야에서 가능한 일자리 창출의 프로젝트 및 일자리 마련을 위한 정부지원을 국제규범이 허용하는 범위 내에서 최대한 광범위하고 깊게 시행해야 마땅한 것이 아닌가?

유럽의 사회주의 정권의 대표적인 인물로 취임 시에 폭발적인 인기를 누리던 게르하르트 슈뢰더 전 독일 총리의 최대 실정이 바로 높은 실업률과 좌우파 노선갈등의 증폭으로 인한 생산적 복지정책의 실패에서 찾아지고 있음에 현(現) 정부의 경제관료들이 바짝 신경을 쓰고 명심하기 바란다.

독일식 개혁 노선인 '노이에 미테(neue Mitte)'를 표방하면서 실용주의적 경제정책을 펼쳤던 슈뢰더 총리는 지난 7년간 영국의 토니 블레어처럼 성공적인 업적을 내놓지 못했다. 그 결과에 대한 책임으로 자연스럽게 누리던 권력을 내놓은 것이다.

민주국가일수록 일자리 창출에 실패한 정권의 운명은 쇠락의 길을 걷는다는 자명한 진리가 우리 정부에게도 예외가 아닐 것이다.

슈뢰더의 뒤를 이어서 신임 총리에 취임한 앙겔라 메르켈 독일 사상 첫 여성총리는 취임 일성으로 "앞으로 10년 안에 독일이 유럽에서 경제 성장률이 가장 높은 3개국 안에 들도록 만드는 것이 목표이고 대연정의 최대 임무는 더 많은 일자리를 만들어내는 것"이라고 정권의 목표를 단순화하고 명료하게 만들고 있다.

이것이야말로 국민들의 아픔을 가장 잘 어루만지고 있는 주장이 아닌가?

서민들의 민생고통과 사회의 불안정성을 생각하는 정부라면, 이제 관념적인 이념성을 털고 실용주의적인 민생경제 회생에 모든 것을 올인하는 자세로 스스로 대 변혁을 해야만 하는 것이다.

국민들의 원성을 수용하지 못하는 정권이 다음 선거에서 패배하는 것은 자명한 민주주의 작동의 기본 원칙이요, 명확한 원리(原理)인 것이다.

여당(與黨)이 실정을 거듭하고 있는 상황에서 야당(野黨)도 일정 부분 방관하는 측면이 보인다.

거시경제지표 숫자놀음으로 국민들의 아픔을 애써서 방관하고 있는 현 정부의 경제정책을 수정하지 못하는 큰 책임이 야당에게 있음도 알기 바란다.

* 2005. 11. 23.

성급한 대(對) 중국 군사안보 접근의 양면성

안보문제는 미국과의 조율을 통해 양해를 받는 것이 국익에 도움

APEC이 한창 열리고 있는 와중에 열린 한중(韓中) 정상회담은 여러 면에서 변화하고 있는 동북아 정세의 일면을 잘 보여주고 있다.

외교가에서 정상 간 공동성명으로는 이례적으로 매우 긴 것이란 평가를 받고 있는 것에서부터 기존의 우방인 미국이나 일본과 거의 대등한 수준의 포괄적 관계정립을 시사하는 것으로 해석된다.

그동안 우리 정부가 줄기차게 주도해 온 '북핵 불용', '평화적 해결', 그리고 '한국의 주도적 역할'에 대한 중국의 암묵적인 동의도 얻어내는 외교적 성과가 있었음도 부인할 수는 없을 것이다.

무역 면에서 양국간의 교역량이 1000억 달러를 초과하고 있고 무역흑자를 200억 달러나 내고 있는 우리 정부의 입장에서는 역사적으로 가까운 우리의 이웃으로 여겨져 온 '중화인민공화국과(PRC)'

의 포괄적인 협력관계 구축에 많은 노력을 기울이는 것은 당연한 역사적 발전과정이기도 하다.

하지만, 이러한 급속한 관계발전의 회오리바람 속에서도 우리 정부가 신중하게 고려해야 할 사항이 있는 것이다.

그것은 다름 아닌 중국 정부가 내심 한반도 책략으로 세워놓은 소위 '남북한 등거리 외교' 의 현주소일 것이다.

아직도 외교안보적으로 한국보다는 완충지역으로서의 더 큰 전략적 중요성을 중국에게 주고 있는 북한이 한국보다는 더 가까운 이웃이요, 형제의 나라인 것이다.

환언하면, 한반도에 유사시에 불행한 사태가 발생하면 종국적으로 중국은 북한의 편을 들 것이라는 논리다. 아직도 이념적으로도 가까운 동질성을 보유하고 있는 것이다.

오히려 미국은 자유민주주의 질서를 기본으로 하는 한반도의 통일에 긍정적인 노력을 할 수 있는 여유와 철학이 있지만, 중국의 현 입장에서 이이제이(以夷制夷)를 통한 한반도의 분단의 고착화가 더 매력 있는 카드가 될 수도 있는 것이다.

이러한 가변적인 상황에서 경제통상 분야의 급속한 교류확대가 갖고 있는 현실적인 타당성과는 별개로, 군사외교 면에서의 성급한 관계정립은 자칫하면 기존의 우방인 미국 및 일본과 전통적으로 맺어온 공고한 안보협력 구도를 흔들 수 있는 위험성이 있다는 사실도 알아야 할 것이다.

두 가지 면에서 미일(美日)보다 앞서가는 합의를 하였는데, 앞으로 추진과정에서 더 면밀한 손익분석을 통한 속도조절의 필요성을 제기하고 싶다.

양국은 외교장관 간 핫라인 설치, 외교차관급 전략회의 정례화에 대한 합의를 통하여 외교안보관련 회의의 정례화를 약속하고 있다.

뿐만 아니라 아직도 일본, 유럽연합(EU), 미국이 부여하고 있지 않는 '시장경제지위(Market Economy Status)'를 우리 정부가 앞서 부여함으로서 한국 정부의 중국과의 관계증진에 대한 의지를 드러낸 것이다.

지금부터 우리 정부는 경제적 실익을 챙기는 실용적 현실외교 추구의 극대화를 모색하는 것에서 머물지 말고, 안보적인 차원에서 성급한 대(對) 중국 접근이 불러올 부정적인 파장에 신경을 쓰고 미국이나 일본이 오해하는 일이 없도록 신중하고 사려 깊은 외교 다변화의 장(場)을 열어야 할 것이다.

기왕에 중국이 한반도의 비핵화를 기조로한 현 상태의 분단구조 유지를 당분간 외교적 전략으로 갖고 간다면, 일단 북핵의 평화적 해결을 위한 파격적인 중국의 역할도 주문하는 성과 있는 외교적 노력을 기대해 본다.

미국이나 일본의 입장에서 이미 북핵이라는 뜨거운 감자는 외교적인 노력으로 해결되기에는 북한에 대한 신뢰성이 땅에 떨어진 어려운 순간이기에 더욱더 그러한 중국의 노력을 요하는 상황이다.

하지만 검증되지 않는 일부 정책참모들이 노 대통령이 제시한 '동북아 균형자론' 옹호차원에서 거론한 '남방삼각동맹'에서 '북방삼각동맹'으로의 이동을 전제로 한 외교적 포석은 대단히 위험한 안보적 도박이 될 수 있다는 점을 경고하고 싶다.

'한반도문제의 자주적 해결을 지지한다'는 중국 정부의 외교적 주장을 확대해석하고 정책으로 시행하여 우리의 안보와 경제번영의 핵심 동맹 축인 미일(美日)과의 쓸데없는 갈등구조를 만들어내는 실수도 해서는 안 될 것이다.

* 2005. 11. 17.

전교조의 맹목적 평등지상주의

우리 아이들이 학교에서 공정한 잣대의 이념성을 배양하지 못하고 수구적 좌파의 시각에 편향된 교단의 분위기에 영향을 받을까 심히 걱정이 앞선다.

전체 평교원 25만명 중 약 33%가 전교조의 노조원으로 활동하고 있는 상황에서 학부모들이 전교조에 대해서 무관심한 것은 자녀들의 교육을 방치하는 것이나 마찬가지이다.

지난 번 APEC의 이해를 위해 전교조가 배포한 편향된 교육자료 파동에 이어서 아직도 평등획일주의만을 고집하는 전교조의 기조가 학부모들의 마음을 기쁘게 할 리는 만무하다.

참교육의 미명하에 촌지거부, 인간위주의 현장교육, 탈(脫)권위주의를 통한 휴머니즘의 실천 등을 모토로 초창기에 관료화된 학원의 풍토를 어느 정도 자유롭고 개방적인 분위기로 바꾸는 데에 이바지한 것은 사실이지만, 전교조 설립 핵심멤버들의 진짜 목적이 이념성에 기반한 투쟁 노선의 실천에 있다는 것이 확인된 지금은 오히려 시대정신(時代精神)을 무시하고 있는 것이며 창조적인 자유형 인간을 배양하는 교육철학과는 거리가 멀어 보인다.

지금 '교원평가제'를 반대하는 전교조의 목소리가 참교육을 실천하는 것에 어떻게 방해가 되고 저해요인이 되는지에 대한 명쾌한 답변이 없이 무조건적 반대를 일삼고 있는 그들이다. 그 단적인 예가 작년에 전교조가 내놓은 '공교육종합개편방안'에서 그들이 줄기차게 주장하고 있는 좌(左) 편향적 평등지향논리이다.

그 주요 내용 중에는 서울대 학부를 폐지하고 전국의 국립 및 공립대학교 입시를 통합해서 치를 것을 주장하고 있다. 또한 대한민국의 소수의 창조적 엘리트를 양성하자는 취지에서 설립되고 있는 자립형 사립고와 외국어고등학교를 없애자는 주장을 되풀이하고 있다.

물론 자본주의 사회에서 자립형 사립고가 갖고 있는 자본주의 생리가 그러한 학교에 보낼 수 없는 계층의 학부모 마음을 다소 아프게 할 수는 있을 것이다. 그렇다 할지라도 사회주의적 평등주의 노선으로 재능이 있는 소수의 엘리트를 양성하는 교육제도를 결코 소홀히 할 수는 없는 일이다.

한 마디로 수구퇴행적인 낭만적 평등주의에 매몰된 시장경제의 논리를 부정하는 억지정책 논리인 것이다.

이러한 주장들이 우리 사회 내에 팽배하기에 경제적으로 여유가 있는 가정의 자녀들은 거의 대부분이 조기유학 또는 대학도 졸업하기 전에 외국의 대학에 편입하는 이중고를 겪고 있다. 이 얼마나 큰 외화 및 국력의 낭비인가?

다른 것은 다 제쳐두고라도 현재 총 48만명인 교원수를 32만명 더 늘려서 80만명으로 해야 한다는 주장은 사회의 공감을 얻기가 수월치 않은 집단 이기주의의 전형적인 예이다.

본인들의 자질을 평가하는 교원평가에 대해서는 인색한 반응을 보이면서 정작 자신들의 수업부담을 덜어야 한다는 교원수의 증원 주장에는 한 목소리로 나가고 있는 그들의 모습을 보니, 전교조부터 민주주의 원리인 권한과 요구에 앞서서 선행되어야 할 책임과 의무를 다하는 스승집단이 되었으면 하는 바람이다.

다른 선진국에서 실시중인 '교원평가제'를 무슨 명목으로 거부하고 있는지 자신들의 모습을 스스로 돌아보기 바란다.

더군다나, 순수한 교육적 차원의 활동에 머물러야 할 신성한 학원이 참교육의 명분을 빌어서 정치 노선을 표방하는 전투적 전교조를 용납할 국민은 거의 없을 것이다.

하루빨리 진정한 스승의 자리로 돌아와서 사회적 모순과 개혁의 과제를 학생들의 의식에 기댄 정치투쟁으로 보지 말고, 스스로의 자각과 깨달음으로 거듭날 수 있는 소양 있는 민주시민으로 클 수 있는 공정한 교육을 해 주길 기대한다.

* 2005. 11. 8.

국회는 국가인권위의 예산배정을 철회하라

국민들의 여론을 무시하고 국가인원위의 국민 경시행위

그동안에 필자와 같이 집요한 글쓰기를 통한 민주주의 원칙에 충실하라는 대(對) 정부의 계속된 메시지에도 불구하고 현(現) 정권의 하수인 역할을 하고 있는 국가인권위는 북한 주민들의 인권문제에 대해 계속적으로 방관 및 침묵으로 일관하겠다는 결정을 하였다 한다.

참으로 서글픈 일이라 아닐 수 없다. 온 인류가 인간에 대한 양심과 민주주의 이름으로 규탄하고 있는 북한의 인권문제라고 해도 우리 민족이라는 이름으로 예외적인 사항으로 규정하고 비켜갈 수는 없는 일이다.

현 정권이 출범부터 '내재적 접근'이니 '북한의 특수한 상황'이니 하면서 북한을 감싸는 주된 이유가 보편적인 문제의 본질을 비켜갈 수는 없는 일이다.

오히려 우리가 인도적인 차원의 도움을 주면서도 이러한 문제를 제기 못하는 것이 한국 정부의 건국이념을 더 크게 훼손하고 있기 때문이다.

이번에 또다시 UN 총회의 상정까지 가고 있는 문제에 대해 관심을 표명하지 않는 현 정부가 된다면, 이것은 정권의 특수한 정치적 성향이 대한민국 국민 대다수의 여론과는 배치되는 방향으로 양심의 문제를 몰고 가는 크나큰 민주적 절차의 훼손을 가져올 것이다.

정부는 지난 2003년, 2004년, 2005년 연속으로 EU의 주도로 추진된 유엔 인권위의 대북(對北) 결의안 표결에 불참한 사실이 있다.

이것은 큰 잘못이다. 민족문제를 너무나 편협하고 정치적인 목적을 위해서 사용하는 큰 실수를 저지르게 되는 것이다.

많은 탈북자들의 증언에서도 나타나고 공개적인 자료의 유출을 통해서도 증명되어 왔듯이, 현재 북한의 독재 정권이 저지르고 있는 반(反)인륜적, 패륜적 행위에 대한 대한민국 정부의 눈치보기는 대한민국 민주주의 발전 역사에서 큰 오점으로 남을 것이다.

전세계의 191개 모든 회원국이 관심을 갖고 토론하고, 북한의 실상을 들여다보는 것 자체가 김정일 독재 정권의 반(反)시대성을 폭로하는 계기로 작용할 것이다.

영아살해행위, 성폭행, 강제유산, 성적도구로 전락하는 여성의 인신매매, 외국인 강제납치, 극단적인 제한조건 속에서의 정치범 수용소 운영, 재판 없는 공개처형, 불법적 고문 등은 민족문제에 우선하는 인간의 기본적 가치를 무시하는 도저히 간과할 수 없는 행위들인 것이다.

유럽에서 나치즘이나 파시즘 같은 전체주의적인 폭정(暴政)을 경험한 유럽의 인권 선진국들이 북한의 인권문제를 본격적으로 논의하는 주된 이유는 북한의 후진적 독재정치제도 및 잔인한 인권탄압 행위들이 종국에는 세계의 인권개선 사례에도 악영향을 미치고 더 나아가 건전한 민주주의 제도의 확산에도 역행한다는 믿음이 있기 때문일 것이다.

남북 교류의 밝은 측면만 보고서 검증 없이 가고 있는 현 정부는, 너무나 단기적인 정권이득 지향논리로 성급한 대북 노선을 견지하고 있기에 이렇게 국민의 의사와는 반(反)하는 어처구니없는 정부의 방관 및 무시로 일관하는 자세가 유지되고 있는 이유인 것이다.

야당을 중심으로 한 양심이 있는 우리 사회 내의 정치 세력들은 이번에도 북한의 인권문제를 기권 및 방관으로 일삼으려는 국가인권위의 정권 하수인 역할에 대한 엄중한 문책과 더불어서 개정의 의지가 전혀 보이지 않는 경우엔, 인권위에 배정된 국가의 예산을 환수하는 조치를 하기 바란다.

그 어떠한 명분으로도 대다수의 국민들이 이해하지 못하는 협소한 논리로 인권과 민주주의라는 기본 명제를 비켜가서는 안 되기 때문이다.

* 2005. 10. 28.

남북 연방제 구축으로 향하고 있는 개헌 논의

순수한 권력구조 논의 이상의 개헌 공방은 이념논쟁으로 번질 것

지난 몇 달간 여권의 정파의 이득을 추구하는 정치행위들이 일단은 어제 실시된 국회의원 재선거에서 국민들이 여당에 완패를 주는 것으로 일단락되었다. 4:0의 참담한 패배는 분명 백성들의 생각을 이 정권의 심장부에 충분히 던져주고도 남음이 있어 보인다.

민생경제를 외면한 보안법 폐지 주장, 전시작전권 환수 추진, 어용 시민단체 및 학자들을 동원한 맥아더 장군 동상 철거 논란, 강정구 류의 3류 학자들이 주도하는 대한민국 건국정신 및 헌법정신 부정 논란, 민족문제를 이용한 차기 대선 정권창출의 음모로써 추진되고 있는 순수 권력구조 논의 이상의 개헌 논의 등, 백성들은 민심과는 다른 방향으로 가고 있는 정치놀음에 과감한 경고장(警告狀)을 보낸 것이다.

　그렇다고 이 정권이 국회의원 재선거의 국민 심판을 겸허하게 받아들이고 민족문제를 이용한 남북 합작의 위험한 노선을 포기하고 민생경제에의 올인 및 한미동맹의 중요성을 다시 인식하는 노선으로 회귀할 것 같지는 않아 보인다.

　미국 민주당의 차기 대권 후보로 유력시되고 있는 힐러리 클린턴 상원의원도 한미관계의 현 주소를 '역사적 망각(historical amnesia)'으로 비유할 정도로 워싱턴과 서울의 우호감정은 심각한 훼손상태에 있다는 것을 국민들이 하루 빨리 깨달아야 한다.

　지금까지의 '번영과 민주주의 발전'의 큰 골격이 한미동맹의 틀 속에서 일구어진 냉전구조 속의 꽃이라는 것을 국제정치학자들이 인식하고 있듯이, 현 정권도 민족감정에 편향된 시각으로부터 벗어나 객관적인 윈윈(winwin) 게임으로 갈 수 있는 국제공조 전략으로 빨리 전환해야 한다.

　역으로 보면 불안정하기 그지 없는 한반도의 분단구조를 안정적으로 풀 수 있는 현실적인 열쇠가 거기에 있기 때문이다.

　김정일 정권이 권력 세습의 사슬을 과감히 끊고 독재 정권의 변혁을 위한 첫 단추인 개혁·개방으로 올인하는 현실적인 대외 노선이 전제되지 않는 상황에서 우방과의 신뢰 고리를 훼손할 정도로 민족의 자주 노선에 매달리는 현 정부의 외교 노선은 정확한 지식의 부재에서 비롯된 낭만적인 관념론과 편협한 정권의 인식에 기반한 권력 재창출의 음모 차원에서 이해되어야 할 것으로 보인다.

　한반도의 지정학(地政學)적 특성상 강력한 우방의 지원이 결핍된 국제공조의 토대 위에서 우리 스스로 민족문제를 풀려는 의도가 많은 장애물에 부딪칠 수 있는 현실적인 조건들에 대한 면밀한 분석과 객관적 시각을 온 국민들이 하루빨리 공유해야 한다.

필자와 같은 애국 논객들이 이 정권을 향하여 진정으로 이 나라와 민족이 부국강병(富國强兵)으로 갈 수 있는 길에 대한 가슴 아픈 충고를 꾸준히 해 왔어도, 국민들의 참 여론과는 거리가 먼 방향으로 남북문제를 비롯한 국정을 독단적으로 운영하다가 어제와 같은 참담한 정치적 패배를 맞게 된 것이다.

나라와 민족이 북핵과 도탄에 빠진 민생경제를 중심으로 대 위기에 있다는 북핵 논의 및 현장경제의 체험지수가 도처에 널려 있는 것을 보고도, 애써 말로만 정치를 잘한다고 관념론 속에서 국민들에게 행해 온 편파적인 정책 집행들이 얼마나 역설적으로 국민들의 지지를 이끌어내고 있질 못한지 가슴에 손을 얹고 심각하게 반성해야 할 것이다.

널려 있는 국가적 현안(懸案)들이 있음에도 북한 정권과의 보이지 않는 물밑 교감을 바탕으로 현 정권이 조용히 밀어붙이고 있는 남북 연합 및 연방제를 향해서 필요한 개헌 논의는 또다시 실상을 잘 모르는 이 땅의 국민들에게는 혼돈과 가치관의 혼란을, 제대로 된 지식인들에게는 이 정권의 허구성과 낭만성을 충분하게 심어주고 있다.

대한민국의 정통성과 헌법정신을 수호하는 차원에서 통일 논의의 물고를 트고 대통합의 청사진을 준비해야 하는 이 정부의 통일부 장관이란 사람은 한반도가 유일한 합법 정통국가라는 헌법조항 제3조를 개정하여 '대한민국의 영토는 한반도와 그 부속도서로 한다’는 기반 위에서 만들어진 국가보안법의 존립 근거를 송두리째 부정하고 있다.

이것이야말로 김일성·김정일 정권이 수십 년 동안 오매불망(寤寐不忘) 원해 오던 작업이 아니었던가?

아직은 김정일 독재 정권의 독선과 독재성이 인류가 바라는 방향으로 검증적으로 변화되고 있지 못한 상황에서 헌법의 영토조항까지 손질하여 북한 정권의 존립 기반을 확고히 하고 남북 연방제로 가겠다는 발상 자체가 얼마나 허구에 찬 현 정권의 권력 재창출 욕구라는 것을 후대의 역사는 호되게 평가할 것이다.

왜 산적한 국가 현안이 있는데도, 선거의 효율성을 높이고 국가정책 집행의 효율성을 높이는 순수한 권력구조 논의 이상의 남북 연방제·연합제를 겨냥한 현 정권의 포석이 공공연히 국민들의 의사와는 반(反)하는 방향으로 나와야 하는지 온 국민이 정신을 똑바로 차리고 볼 일이다.

바뀌어진 시대상황을 반영한 부분적인 국가보안법 수정·보완은 있을 수 있어도 김정일 독재 정권의 사기성과 기만성에 기인한 독재 정권의 본질이 전혀 변혁의 길로 가고 있질 않은 현 상황에서 대한민국 건국의 정통성과 국가 이념문제를 다룬 헌법전문을 개정논란의 대상으로 삼는 현 정권의 불순한 남북문제에 관한한 독점적, 위선적 추진은 고스란히 우리 국민들이 커다란 짐으로 돌아올 확률이 농후하다.

이제 현 정권은 민심의 향방을 어제의 완패를 통해서 정확하게 읽었으니 더 이상 친북반미 좌익 세력들과 형성한 폐쇄적인 민족주의 노선에 기대지 말고 과감히 나와서 이 정권의 살림을 위해서 세금을 내고 있는 국민들의 가슴 속에 있는 민심(民心)의 소리를 듣기 바란다.

최고 통치자의 역사관(歷史觀)이 대한민국을 분열 정권으로 격하하고 있는 시점에서 그 추종자들이 연일 쏟아내고 있는 과거사 재조명을 명분으로 자행되고 있는 건국정신 및 헌법정신 훼손 행위는 종국에 이 땅의 경제적 번영과 안보 우산의 토대가 되어온 한미동맹의 현실적 구조를 시대상황에 맞게 변형하는 수위를 넘어서 와해로 연결되어 국민들의 목을 조이는 커다란 짐으로 다가올 것이다.

민족지상주의에 매몰된 강정구 류의 편협한 사관은 사태의 정확한 현실을 도외시한 선전·선동으로 작용하여 일반 국민들의 건전한 판단력을 흐리고 있으며, 정권에 빌붙어서 기생하는 어용언론과 친북 세력들은 관념적이고 위선적인 평화와 번영을 무기로 현실의 번영과 자유를 구속하는 엄청난 반(反)국가 활동을 전개하고 있는 것이다.

이러한 엄청난 행위들은 이 민족의 융성과 자유민주주의 이념에 기반한 통일을 멀리하고 결국 인류 역사에서 있어서는 안 되었을 전체주의 가부장권 국가인 김정일 정권의 독재 악정을 인정하는 방향으로 남북문제의 초점을 몰고 가고 있는 것이다.

만약, 현 정권이 불순한 의도로 김정일 정권과의 공조를 통한 남북 연방제를 공공연히 선언하고 외세 배격의 논리로 한미동맹을 와해시키는 선전·선동이 도를 더해 간다면, 지금 군사주권을 명목으로 현 정권이 미국으로부터 요구하고 있는 전시작전권 환수 제의는

순수한 군사주권의 영역을 초월한 저급한 정치적 계산이 깔린 역사
적 악수(惡手)라는 것을 국민이 알아야 한다.

그렇지 않아도 분단국가로 살면서 받아온 국제사회에서의 대접
이 비통스러운데, 그나마 피 땀 흘려 일구어 온 남한의 경제적 성장
의 틀마저 버리고 가부장적 독재 정권의 존재를 인정하는 방향에서
남북 연합을 추진하는 현 정권의 속내가 무엇인지 온 국민의 이름
으로 묻지 않을 수가 없다.

국민의 마음을 읽었으면 개헌이니, 전시작전권 환수니 하는 정치
적 놀음에서 나와 아파하는 국민들의 가슴 속을 들여다보고 같이
아파하고 바른 방향으로 정권의 노선을 수정하는 용기(勇氣)를 보
여주었으면 한다.

* 2005. 10. 27.

각자의 이익(利益)만 추구하는 국민이 되선 안 되어

평화협정, 남북 연합을 간파하는 국민이 되어야

민주주의는 법의 지배(rule of law)에 기반한 통치제도요, 국민들의 여론을 여과해서 국정에 반영하는 제도라는 일반적인 사회 구성원들의 동의에도 불구하고, 우리 사회 내에선 실정법을 무시한 특정집단의 선호에 기반한 권력구조 변경 시도들이 여기저기서 감지되고 있다.

그 대표적인 예가 현 정권의 집권 세력들이 애드벌룬을 띄우고 있는 평화협정 체결을 통한 남북 연합 구상일 것이다. 바로 이러한 권력의 목표를 추구하는 과정에서 가장 큰 걸림돌이 실정법으로 자리 잡고 있는 국가보안법임을 잘 알고 있을 것이다.

'국민통합 연석회의'도 국회라는 국민의 대표기관이 있음에도 불구하고 이를 무시하고 권력의 취향에 맞는 인사들로 구성하여 국민의 편향된 여론을 공론화하겠다는 의도로 보여진다.

국가보안법을 무력화시키려는 현 정권의 의도는 바로 이러한 민족문제에 대한 정권의 편협한 인식을 국민의 이름으로 포장하여 실천하려는 무리수에서 잘 읽혀지고 있다.

이러한 일을 시행하는 첫 번째의 수순으로 국가보안법을 사문화하려는 국가권력의 의도는 여러 차례 동 법안 국회에서의 폐지상정 시도 및 강정구 교수 비호를 통해서 드러난 사전 무효화 시도에서도 잘 읽혀지고 있는 것이다.

시대 변화를 수용하는 법의 개정은 국민적 합의가 가능하지만, 이 법을 평화를 가장한 성급한 남북문제 진단의 결과물로 폐지로 몰고 가는 위험성을 우리 국민들이 반드시 알아야 한다.

그리고 오늘 국회의 본회의장에서 공방을 벌일, 현 정부의 미군으로부터의 '전시작전권' 환수 의도에 대한 논란일 것이다.

불순한 목적을 가진 성급한 논의는 이러한 논리적 접근을 더 왜곡해서 아예 전체 구성원들의 복리증진의 안전한 판인 동맹체제에 기반한 안보구조를 깨는 시한폭탄으로 다가올 수도 있음을 경계해야 한다.

나라의 힘이 커지고 국민들의 민주 의식도가 성숙되면 자연스럽게 나라의 힘과 국민들의 의식에 비례하여 현실적인 환수여건이 마련되고, 무리수를 두지 않는 범위 내에서 균현 잡힌 방향으로 순리적으로 일이 풀리게 되어 있다.

국민들이 자주(自主)를 모르고 원치 않는 것이 아니라 안정적이고 합리적인 방안을 찾는 정책적 노력의 문제인 것이다. 모든 문제의 기초는 현실적인 힘의 균형 논리인 것이다.

관념적인 이상주의 논리는 현실의 문제들을 더 복잡하게 만들 수 있는 여지가 다분히 존재한다.

불순한 목적을 가진 세력들이 아직 때가 되지 않은 상태에서 특정한 정치적 목적을 향해서 가는 과정에서 현실적 조건을 애써서 좋은 쪽으로 과장해서 자주권(自主權)의 명목으로 추진한다면, 그 부작용과 갈등의 여파는 종국에 전부 국민들의 몫으로 다가올 것이다.

같은 맥락에서 현 정권의 트레이드 마크인 '남북 평화협정 체결' 추진은 한반도의 냉전구도에 깊숙이 간여해 온 미·일·중·러의 호혜적인 협조와 이해를 기반으로 추진될 수 있는 문제이다.

이 문제 역시 면밀한 분석과 시대의 변화된 환경에 대한 정확한 고찰을 토대로 외교력에 기반한 주변국과의 협의를 통하여 공통의 이익영역이 조성되고 남북 간의 투명하고 보편적인 정치제도에 대한 의지를 담보할 때만이 의미가 있게 되는 것이 아닌가?

국민들의 이해가 다소 더디고 실타래처럼 얽혀 있는 한반도 주변의 구조가 복잡한 상황을 고려해 보아도 어느 한 정권이 짧은 시간에 정치적인 의도를 갖고 풀릴 수 있는 사안(事案)은 더군다나 아니질 않는가?

'남북 연합' 이라는 정치적인 제도변경 의도는 북한이 최소한 중국식의 투명한, 권력세습을 부정하고 있는 사회주의나, 자본주의 제도 부분수용을 전제로 남북 간의 자유로운 사람들의 왕래가 보장될 때만이 의미를 갖게 될 것이고 연합의 취지가 추구하고 있는 통일을 향한 긍정적인 출발선이 될 수 있는 것이다.

지금처럼 말로만 교류와 왕래를 이야기하면서 독재 정권 유지에 모든 것을 올인하고 있는 김정일 정권의 근본적인 태도변화가 전제되지 않는 '평화협정' 이니, '남북 연합' 이니 하는 통일을 향한 이상적인 구호는 기만성과 위험성(危險性)에서 한 발자국도 나아갈 수 없다는 것을 명심해야 할 것이다.

* 2005. 10. 25.

통일부는 북(北) 정권의 변호인인가?

대북정책의 도덕성을 상실한 저자세 대북 노선

애국인사들의 수많은 현 정부의 문제 있는 대북 노선 지적 및 수정요구에도 불구하고 일관성과 원칙이 결여된 대북 노선은 전혀 수정의 조짐을 보이지 않고 있다.

1978년도 백령도 부근에서 북한 경비정에 의해서 납치된 동진호 어로장 최종석 씨의 딸 최우영 씨는 아예 북한의 김정일 위원장에게 직접 서신을 내서 납북자문제에서 주도권을 갖고 있는 것 같은 권력자에게 아버지를 돌려달라는 하소연을 직접 하기로 했다는 것이다.

편지에 있는 기가 막힌 사연은 우리 정부의 전향 장기수 전원 북송방침이 아마도 북한 정권의 집요하고 끈질긴 북송 노력이 이룬 성과란 아이디어를 구했다는 것이다.

그녀는 자국민 보호를 남북한 협상에서 최우선 과제로 둔 김정일 위원장을 지켜보면서 그녀가 북한 사람이었으면 지금쯤 그녀의 아버지를 모셔왔을 것이라는 부러움을 숨길 수가 없다고 하소연하고 있다.

최 씨는 납북자 가족모임의 대표로서 노 대통령에게 두 번이나 면담을 신청했으나, 다 거절당해서 세금을 내며 살아온 대한민국의 국민으로서의 서글픈 울분을 지울 수가 없었을 것이다.

통일부라는 부서가 국민의 대표기관인 국회에서 예산을 배정받을 때엔 분명히 대한민국 국민들의 대북 민원도 충실하게 조사하여 해결한다는 다짐도 했을 터인데, 경협 및 대북 지원 명목으로 그 많은 돈을 갔다 주면서도 납북자 송환을 당당하게 요구는커녕, 485명의 납북자들의 생사확인도 10명에서 더 이상 진전이 되고 있질 못한 상황이니, 이 정부의 대북관(對北觀)은 이렇게 인도주의(人道主義)적인 측면에서도 매우 심각한 도덕적 위기(危機)를 맞고 있는 것이다.

그뿐인가? 북한 정권의 대남(對南) 인사권 개입은 마치 그들이 대한민국 정권의 한 축인 것처럼 그들의 의도를 관철시키는 성과를 통해서 북한 김정일 정권의 보이지 않는 영향력을 잘 과시해 오고 있다.

북한 정권에 대해서 조금이라도 부정적인 언급을 하는 남쪽의 공직자들에 대해서 무조건적으로 해임이라는 강경카드로 우리 정부를 압박해 왔고 과거의 대한적십자사의 장충식 총재, 홍순영 통일부 장관, 조성태 국방장관 등도 북한을 자극하는 발언을 했다가 공직에서 물러난 아주 불미스런 일들이 있었다.

이번에는 대북 사업을 사실상 총괄하고 있는 주 기업인 현대아산의 인사문제를 핑계로 그동안 1조원이라는 천문학적인 돈을 퍼부어온 한 사기업의 운명을 조이는 추태를 연출하고 있다.

20일에 대남 사업을 총괄하고 있는 북한의 '아시아·태평양평화위원회' 담화를 통해서 북한은 "현대의 김윤규 선생 퇴출은 김정일 국방위원장에 대한 배은망덕(背恩忘德)이자 정주영, 정몽헌 선생을 욕되게 하는 것으로서 배신감을 넘어 분노마저 금할 수 없다"는 도를 넘는 언어로 사기업의 인사권까지 침해하는 월권행위를 일삼고 있는 것이다.

앞서 언급한 한 납북자 가족의 하소연과 현대아산의 부당한 대접은 일차적인 원인이 정부의 비굴할 정도로 상호주의(相互主義)를 적용하지 않는 안이한 대북 노선에 그 원인이 있다고 생각된다.

국민들이 모르는 무슨 큰 비밀과 접촉창구가 있어서 새로운 관계 정립을 위한 협상이 있는지는 모르나, 지금까지 표출된 북한 정권의 대북 사업 및 대북 관계 신뢰성은 조변석개(朝變夕改)와 다름없는 오만함과 불손함으로 상징되는 월권과 부도덕성이다.

국민의 정부 이후 급격하게 급물살을 타고 추진되어 온 대북(對北) 포용정책의 '경솔함과 성급성'이 우리 국민들의 고통으로 귀결되고 있는 안타까운 부작용을 보고 있는 것이다.

물론 햇볕정책 본래의 취지와 인도적인 도움까지 문제 삼는 것은 아니라는 점을 분명히 해 두고 싶다.

현대가 막대한 예산을 투입해서 가꾸어 온 금강산 관광사업은 국민의 세금이 큰 규모로 집행될 정도의 남북 협력자금이 투입된 국가예산투입사업인 점을 정부가 망각하고 있는 것인가?

이 문제에 대한 정부의 자세는 한 마디로 미온적인 선을 넘어선, 대한민국의 국민들이 주는 세금으로 운영되는 정부의 기본적인 의무도 무시하는, 권력의 시녀로 전락하고 있는 정책부서의 대표적인 불미스런 사례이다.

'정부도 돕겠지만 사업 당사자가 풀어야 할 문제'라는 방관자적인 입장을 취하고 있는 통일부를 보니, 역시 편향된 이념으로 모든 정부의 노선을 관장하고 있는 현 정권의 무분별한 대북 노선에서 한 발자국도 벗어날 수 없는 통일부의 초라한 위상만 확인시켜 주고 있는 것이다.

이래선 안 되지 않는가? 언제까지 북한 김정일 정권의 오만함과 부당함에 우리 정부의 권위가 묻히고 놀아나야 하는가?

이는 환언하면 국민들의 권위가 묻히고 우리의 헌법정신이 유린당하고 있는 것이다.

통일부는 만약 이번에도 이러한 부당한 북한의 간섭과 횡포를 '평화와 번영비용' 등 구차한 이유로 무시하는 대북 저자세의 가면을 벗어 던지지 못하고 어정쩡하게 북한의 의도를 묵인하는 태도를 취한다면, 우리 국민들은 통일부 존재 자체에 대한 문제를 제기하고 국회를 통하여 할당된 예산을 환수하는 운동이라도 벌이는 것이 마땅하다.

북한으로 자금을 이런 저런 명목을 유입시키는 일에는 일등공신인 통일부가 국민의 재산이 침해되고 사기업의 경영권을 간섭당하

는 부당한 상황에서도 부여된 책임과 역할을 다하지 못한다면, 이
는 국정원의 도청사건에 버금가는 큰 국가적 죄를 짓는다는 사실을
명심해야 할 것이다.

* 2005. 10. 21.

부정의(不正義)를 단죄하지 않는 국민은 역사도 무시한다

국민을 무시하는 행위에 대한 과도한 침묵은 죄악

대한민국은 큰 홍역을 앓고 있다. 체제부정을 일삼는 세력들이 우리 사회의 주요부분에 깊숙하게 침투하여 대한민국의 건국정신을 훼손하고 있다.

정상적인 국가의 운영이 전제되면, 이번에 천정배 장관이 발동한 검찰청에 대한 간섭에서 보여진 것처럼, 한 친북인사의 구속수사를 문제 삼을 아무런 이유도 없지만, 나라가 정상적인 운영의 궤도를 이탈하여 불순한 목적을 가진 세력들에 의하여 편향적인 법 해석 및 자의적인 권력행사로 국민들의 심기를 불편하게 된 지경이 될 정도이기에, 자유를 사랑하는 민주주의의 이름으로 현(現) 정부의 정치색을 띤 친북(親北)적인 발언 및 행위에 대해서 엄중한 국민적 경고를 아니 할 수가 없다.

필자는 오늘 하루도 많은 사람들을 만나서 나라 걱정하는 현장의 소리를 들었다. 택시를 타 보아도 시간이 지날수록 현 정부의 친북적인 움직임에 대해 단 한 사람의 예외도 없이 걱정을 더해가며 국민을 우습게 아는 정부의 반(反)역사적 행위라는 결론을 기사들도 이야기한다.

열린우리당의 문희상 의장, 이해찬 국무총리, 정동영 통일부 장관, 그리고 천정배 법무부 장관 등이 각각 최근에 교묘하게 발언한 친북적인 내용들을 잘 살펴보면 이제 국민들도 그저 민족화해나 건전한 남북의 통합을 염원하는 건전한 시국관의 범주를 넘어선, 특정한 정치적 목적을 노리고 행해지는 현 집권 세력들의 조직적이고 체계적인 전략전술적 정치행위라는 인상을 더 갖게 된다.

한국의 체제를 부정하는 강정구 교수 관련 사건은 평소에 그들의 마음 속에 내재되어 있던 반(反)역사적이고 반(反)민족적인 대북관(對北觀)을 여지없이 드러내는 장(場)을 마련한 것일 뿐이다.

필자가 지금 이 글을 쓰는 이 시각이 새벽으로 달리고 있는, 밤 두 시를 가리키고 있지만, 매일 매일 전개되고 있는 현 정권의 노골적인 '북한 감싸기' 행태들에 대해 걱정 아닌 걱정으로 대비책에 대해 고민도 해 본다.

지금 당장 필자의 머리에 스치는 생각은 어차피 국민이 뽑아준 정권이기에 그 결과나 책임도 국민이 다 져야 하는 상황이지만, 국민들이 지지해 준 이유나 정책에 대한 정부의 성실한 이행자세가 결여되고 또 그동안의 국민의 의사에 반하는 정책집행에 대한 반성이 없다면, 비록 국민들이 투표를 통하여 이 정권의 정통성을 주었다 해도 절차적 민주주의 정신의 훼손보다 더 소중한 것이 우리들의 안전한 삶의 터전과 보편적인 민주주의에 대한 이념적 지향성이기에, 정부의 잘못에 대해 온 국민의 이름으로 단호한 시정명령을 활발한 언론활동과 기타 법이 허용하는 방법으로 행해야 마땅할 것이다.

현 정권이 행사하고 있는 정치권력의 원천이 국민적 동의와 지지라는 소박한 민주적 합법성을 잘 끄집어내 유추해석을 해 보면 국민들의 심부름꾼인, 권력을 운영하는 대리인들에게 준엄한 시정명령을 내릴 권한이 국민들에게 있는 것이다.

웬만한 사안들에는 국민의 여론을 무기로 포퓰리즘(populism)에 의존하여 주요 정치적 사안을 다루어 온 현 정부가 최근의 강정구 사건이나 북한의 노동당 창건 60주년을 기념하는 북한의 아리랑 축전에 간첩혐의가 입증된 반(反)대한민국 인사들을 북(北)에 신원조회도 없이 보내는 중요한 문제에 대해서 국민의 여론을 조사하지 않고 은근슬쩍 넘어가는 것을 보면, 국민의 대다수가 이러한 정부의 불합리한 작태에 대해 매우 불편하게 생각하고 있는 것을 알고 있기는 있는 모양이다.

사태가 이러한 지경인데도 현(現) 정부가 국민의 의견을 무시하는 방향으로 친북(親北)적인 자세를 계속 견지한다면, 우리 국민들은 바보가 아닌 이상 이들에게 바른 역사와 대한민국의 이름으로 헌법이 보장한 자유민주주의 체제 수호권을 행사하여 권력의 부당한 집행을 고발하고 시정을 촉구해야 마땅할 것이다.

* 2005. 10. 15.

일본은 한반도의 통일을 원하는가?

쥬니치로 고이즈미 총리의 정치적 도박이 성공을 거둠에 따라서 일본은 미일동맹의 축을 더 강화하면서 중국의 부상을 견제하는 신(新) 동아시아 전략지도의 마련에 여념이 없어 보인다.

미국은 이러한 일본의 우경화 분위기를 십분 활용하여 '전 지구적 동반자관계(global partnership)'의 확대를 일본에 요구하고 있으며, 일본의 적극적 호응으로 러시아와 중국이 군사적인 제휴를 강화하는 움직임에 대비하고 있다.

일본은 국제무대에서도 유엔(UN)의 분담금으로 미국 다음의 큰 액수를 기부하고 있으며 정부개발원조(ODA) 면에서는 미국을 앞서서 1위를 달리고 있는, 명실공히 자타가 공인하는 경제대국이 되었다.

미국이 이러한 일본의 경제력을 적극적으로 활용하는 동반자관계의 확장에 전념하고 있는 것이다.

북핵문제에서 미국과의 찰떡궁합을 과시하고 있는 일본 정부는 동아시아지역에서의 자유무역 질서의 확립을 위한, 우리나라를 포함한 각국과의 자유무역협정(FTA) 체결을 적극적으로 추진하고 있으며, 이러한 제도적 장치의 마련을 통하여 동아시아지역의 경제적 주도권을 확보하는 전략을 실행에 옮기고 있다.

대북(對北)문제에 있어서도 핵무기 및 장거리 미사일 개발은 일본에게 직접적인 군사적 위협이 되기에 어떠한 수단이라도 써서 북핵을 저지하고 북한의 무모한 군사적 움직임에 쐐기를 박겠다는 전략을 취하고 있다.

바로 이러한 맥락에서 미일동맹의 축이 잘 활용되어질 것이며 북일(北日) 수교를 통한 안정적인 김정일 정권 관리구상도 시작하고 있는 것이다.

일본이 대(對) 한반도 정책을 추진하는 기조는 다음과 같이 요약될 수 있을 것이다. 한반도에서 전쟁이 일어나는 것을 방지하고 남(南)과 북(北) 두 지역에 영향력을 골고루 확보할 수 있는 외교적 지렛대를 마련하는 것이 중요하다.

또한 북일 수교를 앞당겨서 불안정한 북한지역에도 간섭을 용이하게 할 지렛대를 확보하여 일본의 안보를 확보하는 것일 것이다.

북일 수교는 남북한 등거리외교의 서막을 알리는 것으로서, 우리의 책략적 시각에서 면밀히 고찰해서 일본의 국익이 가장 극대화되는 한반도 분단의 영구화를 경계해야 하는 중대한 책무(責務)가 바로 우리에게 있는 것을 똑바로 알아야 한다.

일본이 1996년 11월에 발표한 새로운 '방위계획대강' 에서 일본은 앞으로 유엔의 평화유지활동에 적극적으로 참여하고, 자위대 전략의 질적 향상을 적극적으로 도모하여, 한반도를 비롯한 아시아지역에서의 만약의 사태에 대비하고 북한을 연착륙(soft landing)하는 방향으로 대(對) 한반도 외교지침을 마련하고 있는 것이다.

일본이나 중국이나 통일된 한반도가 강성대국(强盛大國)으로 거듭나서 일중(日中)의 의도와는 별개의 외교 노선으로 독자적인 목소리를 내어서 동북아시아의 역학구도가 복잡하게 되는 것을 원치 않을 것이다.

어떻게 보면 두 국가는 '비핵화된 한반도' 에서의 급격한 변화를 수반하지 않는, 남북한이 분단되어 동시에 존재하는 시나리오가 그들의 국익에 더 부합할 것이다.

미국의 적극적인 도움으로 한반도의 통합이 급작스럽게 이루어져서 통일 후의 한반도가 미국의 영향력을 가장 많이 받게 되는 상황을 심히 염려하고 있는 것이다.

필자는 몇 달 전 동경에서 열린 한 국제회의에서 일본의 지도자들에게 분명한 목소리를 낸 기억이 난다.

"일제의 36년간 식민지 지배가 한반도 땅에 심어놓은 부정적인 유산에 대해 진심으로 사과하고 우리가 겪은 민족적 고통을 보상할 수 있는 진정한 사과와 반성을 실은 최대한의 정책은 한반도의 안정적인 통일을 지지하는 것이다."

특히나, "자유민주주의와 시장경제를 신봉하는 전 세계 인류양심 세력들의 평화와 화합을 사랑하는 마음을 고려하여 북한의 독재체제를 안정적으로 변혁시킬 수 있는 합리적인 틀(framework)을 짜고 이를 원활하게 가동시킬 수 있는 명분과 에너지를 일본이 제공해야 하는 역사적, 도의적 책임이 있다"는 분명한 필자의 의견을 전달하였다.

이것이 동아시아에서 유럽식의 통합으로 가는 첫 번째 관문이 될 것이라는 필자의 강력한 주장에 회의장의 분위기가 숙연해지는 것을 느낄 수가 있었다.

6자회담에 임하는 일본의 자세도 이러한 역사적인 성찰과 반성을 동반한, 한반도의 평화와 통합을 바라는 마음에서부터 우러나와야 21세기의 '동아시아 경제공동체'를 향한 힘찬 발걸음을 내딛게 될 것이다.

* 2005. 10. 6.

대등한 입장에서의 체제 양보방식에 의한 통일?

연방제를 의미하는가, 아니면 중립화 통일을 의미하나?

목요일은 필자가 젊은이들과 대화를 많이 나누는 의미 있는 날이다. 지금 서울의 모 대학에서 박사과정 및 교양과정을 지도하면서 주요 국정현안에 대한 젊은이들의 생각을 읽을 수 있는 기회가 되어 지식인으로서 가감 없는 의견을 전하고 학생들과 토론을 벌이곤 한다.

오늘도 필자가 북한사회의 열악한 인권을 논하는 와중에 한 학생이 질문으로 "북한이 나쁜 것은 다 알지만, 왜 우리 국내 정치의 X파일이나 재벌기업들의 부도덕성을 더 이야기해야지 북한만 나쁘다고 이야기하느냐?"는 다소 균형이 잡히지 않은 시각에서 조명되고 있는 한 젊은 학도의 의견을 접하였다. 북한보다는 대한민국 체제 부정이 더 우선이라는 생각을 접할 수가 있었다.

필자는 그 질문은 체제의 근본적인 모순을 이야기하는 필자의 취지를 잘 이해하고 있질 못한 것으로 대한민국의 민주적 정통성을 인정하는 바탕 위에서의 우리 사회의 모순을 이야기하는 질문과는 다소 어감이 다르게 들릴 뿐만 아니라 학생이 북한을 조명하고 있는 시각을 잘 살피길 권했다. 왜 북한이 문제인지를 더 공부하고 나하고 토론하자는 답을 주었다.

정치학자로서 요즈음처럼 북한의 독재체제, 인권, 그리고 핵문제를 많이 이야기한 적도 없지만, 이러한 사안들이 잘 조율되지 않으면 앞으로 이 사회를 이끌고 갈 젊은이들의 어깨에 고스란히 부과될 짐들을 생각하니, 조금이라도 더 객관적으로 한반도의 문제를 조명하고 바람직한 치유책을 찾는다는 바람으로 후학들에게 담론을 일으키고자 하는 것이다.

이러한 고민을 하고 있는 필자에게 오늘 한 신문의 여론조사 결과는 더 많은 생각을 하게 만들고 있다.

문화일보와 한국사회여론연구소(KSOI)가 지난 27~8일 공동으로 실시한 여론조사에 나타난 국민들의 한반도 통합에 대한 견해를 보고 조금은 걱정을 해 보게 된다.

물론 자본주의의 급속한 경제적 성장으로 인한 혜택을 누려온 우리 사회에서 진보보다는 보수의 물결이 아직은 여론 주도층으로 자리잡고 있음을 볼 수가 있다. 분배 및 약자에 대한 배려를 위한 진보 진영의 목소리도 매우 소중한 것은 우리 모두가 인정하는 일이 아닌가?

특히나 차기 정부의 경제정책의 방향을 묻는 질문에 대해서 성장

중심정책이 57.5%, 그리고 양극화 해소 중심정책을 선호하는 그룹이 40.9%로 나타난 것으로 보아서 아직은 한국의 경제가 성장우선으로 가야 한다는 의견이 주도적이다.

필자가 약간 우려의 시각으로 보는 여론조사 결과는 다름 아닌 통일문제를 묻는 것에 대해서 '우리 체제의 정통성을 양보하지 않으면서 통일해야 한다' 는 그룹이 33.4%로 나타났고, '남북이 대등한 입장에서 서로의 체제를 양보하면서 통일해야 된다' 는 주장에 동조한 그룹이 64.3%로 2배 가까이 되는 것으로 나왔다.

북한 정부를 인정하는 문제도 '평화체제를 위한 현실적 방안이므로 인정해야 한다' 는 층이 64.3%로 나왔고, '헌법에 위배되므로 인정해서는 안 된다' 는 그룹은 31.3%로 나왔다 한다.

더욱더 필자의 관심을 끄는 대목은 북한을 불인정하는 응답 층에서조차 통일방식에서는 58.0%가 대등한 입장에서 진행하는 체제 양보방식을 선호했다.

문제의 핵심이 우리가 같은 민족으로 북한을 감싸 안겠다는 동포애적인 관점에 있는 것이 아니다.

지금처럼 북한의 김정일 정권이 독재체제의 변혁에 대한 기본적인 노력이 선행되지 않는 상황에서 독재체제가 더 연장되면 될수록 더 고통을 받고 있는 북한의 일반 기층민중들의 배고픔과 고통을 우리 국민들이 현실적으로 인정하면서 체제 양보방식의 통일을 선호하는 것인지 더 구체적으로 물어 볼 필요가 있다.

'우리 민족끼리' 가 갖고 있는 논리적 허구성 및 감성적 선동성에 기댄 함정도? 특정 정파의 정치적인 이득과는 별개의 객관적인 노력으로 더 국민들에게 홍보가 되어야 한다.

북한의 독재체제에 대한 본질적 변혁이 수반되지 않는 통일방식은 우리가 헌법에서 주장하고 일반 국민들이 선호하는 자유민주주의와 시장경제를 기반으로 한 통일은 분명 아닐 것이다.

땜질 식으로 문제를 봉합하는 임시 조치의 통일인 것이다. 그렇다면, 대한민국의 경제적 번영의 토대요, 국제정치 무대에서 협력과 상호의존의 기본 패러다임인 지구촌시대의 개방성과 자율성을 기조로 찾아가고 있는 우리나라의 향상된 위치와 위상을 제고해서라도, 북한의 체제를 인정하고 우리의 체제를 바꾸어 중립화 통일이라도 받아들이겠다는 것인가?

말이 중립화 통일이지, 이것은 우리 경제에 치명적인 손실을 가져올 것이고, 북의 김정일 독재체제를 인정하는 크나큰 역사적 죄를 저지르는 일이 될 것이다.

그러면 남(南)과 북(北)의 체제를 각각 인정하는 토대 위에서 1민족 2국가 2체제를 전제로 한 느슨한 연방제(confederation)를 하겠다는 것인가?

말이 앞서는 논리성의 비약이요, 현실적으로 통합을 위한 추상적 담론에서 앞으로 나아가지 못할 무수한 함정들을 파놓고 있는 허울 좋은 담론이다.

그래도 통일에 대한 궁극적인 지향점인, 온 한반도의 국민이 기본적인 인권과 자유를 누리는 자유로운 체제로의 통일이 전제되지 않는 과정으로서의 통일일지라도, 김정일 독재 정권을 인정하는 반(反)민족적, 반(反)역사적 시각을 어떻게 치유할 것인가?

필자 같은 현실주의(現實主義) 국제정치학자에겐 서로의 체제를 양보하면서 통일을 원하는 64.3%의 응답자들이 진지하게 이러한 문제를 고민하기보다는 다분히 관념적이고 논리적인 마음으로 민족의 문제를 쉽게 진단한 것이 아닌지 자문해 본다.

오늘 이 한반도의 모순과 분단의 아픔은, 소위 우리 사회 내의 일부 세력들이 주장하는 것처럼, 미래지향적인 측면에서 고민해 볼 때에 한반도 주변의 열강들로 대표되는 외세의 간섭과 통제가 낳은 결과로서의 아픔도 있지만, 더 근본적인 문제는 북한의 독재 정권의 본질이 전혀 변하지 않고 개방과 자율성을 토대로 진행중인 지구촌시대의 흐름에 정면으로 역행(逆行)하면서 어떠한 희생과 대가를 치르더라도 북한 주민들의 통치자로 군림하겠다는 무모성과 반(反)시대적인 인식에 있음을 알았으면 한다.

* 2005. 9. 29.

허울 좋은 민족공조가 부국강병의 토대를 흔든다

현(現) 정권의 안이하고 '우물 안의 개구리 식(a frog in a well)' 국제정세 인식이 국제사회에서 우리의 외교역량을 나날이 축소시키고 있다. 최근에 그러한 사례의 하나가 또 생겼다.

정동영 통일부 장관이 지난 22일 통일부에 대한 국정감사 자리에서 "올해 11월 부산에서 열리는 APEC에 북측 최고당국자가 옵서버 자격으로 참석하는 문제를 미국 등 회원국들과 사전 협의할 것이며 김영남 위원장에 이미 초청 의사를 밝혔다"고 한 기억이 새롭다.

불과 며칠이 흐르기도 전에 정부의 한 고위관계자는 "미국, 일본을 포함한 주요 회원국들이 이 문제에 대해 대단히 신중한 입장이고 성사가 어려울 전망"이라고 정부의 입장을 번복하는 구태를 보이고 있다.

우리 정부의 북핵 관련 입장이 '민족공조' 라는 허울 좋은 옷을 입고 김정일의 장단에 춤추는 모습이 자주 국제사회에 투영되고 있는 이 시점에, 미국과 일본을 비롯한 국제사회의 목소리는 이러한 검증장치 없이 내실이 보장되고 있지 못한 민족공조 놀음에 동조할 의사가 전혀 없음을 확고히 한 것이다.

우리 외교부의 직무유기로 타 부처 비(非)외교전문가들의 정치적 목적에 기인한 지나친 대북(對北) 접근을 저지하지 못하고 끌려 다니고 있는 또 다른 한 단면인 것이다.

북핵 해법이 미국과 일본을 위시한 전통적인 우방들과 국제사회의 규범을 분명히 명시하고 한반도의 비핵화에 대한 정부의 단호하고 분명한 입장천명 및 협상자세의 정립에서 비롯된다는 것을 망각하고 있는 현 정부는 최근에는 중재자 운운하는 낭만적인 외교전술로 북핵의 발생 책임이 마치 미국과 북한에 동시에 있는 것처럼 애매모호한 자세를 잡고 현재 북한의 생트집 잡기식 입장을 인정하는 듯한 비현실적인 접근을 하고 있다.

필자가 수십여 차례 기회가 있을 때마다 글을 통하여 강조하고 우려한 바대로, 현 정권은 차기 정권창출의 문제까지도 민족문제에 올인하면서 북한 지도부의 협조를 전제로 한 국내정치 새판 짜기를 끊임없이 시도하고 있다는 인상을 지울 수가 없다.

24일자 북한의 노동신문 사설을 보면 얼마나 북한의 대남(對南) 선전선동전술이 깊숙하게 진행되고 있는지 실감할 수가 있다.

'반통일 전쟁 책동을 일삼는 민족 반역 세력' 제하의 논설은 '미국의 전쟁 머슴꾼인 한나라당이 집권할 경우 북남 대결의 역사가 되풀이되고 종국에는 민족의 머리 위에 핵전쟁의 재난이 들씌워지게 될 것'이라는 노골적인 국내정치 개입 활동을 전개하고 있는 것이다.

한 언론인이 지적하였듯이, 현 정권은 경제·안보 측면에서의 예측 가능한 국익 상실에도 불구하고 한미 안보관계의 중요도를 민족공조 다음으로 격하(格下)시키고, 친북 세력들에게 최대한 활동공간을 보장하고 헌법의 정신을 부정하는 불법 선전선동에도 애써서 방관하는 태도를 유지함으로써 국가의 안보 토대마저도 균열시킬 수 있는 남북 간의 교류와 협력의 극대화를 꾀하고 있는 것이다.

민족공조의 울타리로 상징되는 새 한 마리 사냥하려다 대한민국 경제적 번영의 토대요, 안보의 근간인 우방국을 중심으로 한 국제공조 및 협력체제로 대변되는 초가삼간 다 태우는 크나큰 역사적 실책(失策)을 방관하고 있는 현 정부의 반(反)민주적이고, 반(反)역사적인 반미친북활동을 향한 적극적인 저지행위의 부재를 강력하게 역사의 이름으로 규탄하지 않을 수가 없는 지경이 되고 있다.

주체적 민족 세력으로 포장하고 남한 내에서 줄기차게 정부의 방관 하에 반미(反美)를 구호로 전개된 외세배격운동은 이제 가랑비에 옷이 젖어들 듯이 우리 사회의 구성원들의 의식구조를 국익(國益)과 상치되는 방향으로 바꾸어 놓고 있다.

김정일 정권의 대남 선전선동은 한국 내의 감상적 민족주의 세력들에게 잘 투영이 되고 있으며 이러한 한국 내의 좌파(左派)가 확산되고 뿌리를 내리는 속도가 빨라질수록 미국의 대 한반도 정책은 한국을 아시아·태평양지역의 주요 협력 파트너 목록에서 제외하려는 반(反)작용으로 귀결되고 있다.

일정시간이 흐른 후에 논의가 될 '정전협정체제' 의 '휴전협정체제' 로의 전환 협상에서 미국의 변화되고 있는 대(對) 한반도 정세인식을 드러낼 것이며, 현실적인 외교적 실용주의를 무시하고 지나치게 성급하게 민족공조의 울타리를 북한과 공동으로 쌓아온 우리나라는, 미국의 변화된 한반도 정책으로 인하여 지난 60년 동안 무임승차하면서 누려온 안보 우산 및 경제번영 우산의 그늘에서 제외되어 엄청난 안보·경제적 대가를 지불하게 될 것이다. 바로 이러한 현실적인 국제정치 손익계산서의 가장 큰 피해자는 대한민국의 국민들이 될 것이다.

반면에 김정일 정권의 본질에 대한 변혁이 수반되지 않는 남북 공조의 어두운 그림자는 고스란히 우리 정부의 머리를 짓누를 것이고 결과적으로 외교적 역량이 전제되지 않는 성급하고 낭만적인 남북 통합 노력은 더 큰 국민들의 경제적 고통으로, 안보적 혼란으로 연결될 것이다.

지난 9월 22일에 중앙일보가 조사한 여론의 행태를 보니 응답자의 54%가 주한미군의 철수에 찬성했다고 한다. 2003년 여론조사에선 주한미군 철수 지지가 39%, 2004년엔 48%였던 것에 비추어 볼 때에 나날이 북한의 대남 적화 의도가 내재된 외세배격 대남 전술의 효과가 커지고 있는 것이다.

한 애국인사의 분석대로, 비록 가상이지만, 미국이 한국의 동의 없이 북한을 공격한다면 한국은 미국과 손잡고 북한에 대항해야 한다는 비율이 여론조사자의 50%를 넘었다는 것은 환상적인 민족공조에 기댄 국제정세 인식의 큰 오류인 것이다.

정부의 발표보다는 훨씬 많은 약 25조가 소요될 것으로 추산되는 대북 전력 200만kw 지원도 가구당 250만원을 부담해야 하는 큰 재정부담 사업이고 전력이 군사력의 큰 축인 점을 감안한다면 최신형 탱크 5,600대 분의 전략물자를 공짜로 검증도 되지 않는 적에게 주는 것과 무엇이 다른가라는 한 인사의 질문도 새겨 보아야 한다.

북한은 '외세배격'을 구호로 '주한미군의 철수와 한미동맹 해체'를 위한 집요한 공작을 전개해 왔다. 미국의 존재를 자신들의 정권 기반을 강화하고 주민들의 기본적인 권리마저도 유보하게 하는 외부위협의 산물로 규정한 토대에서 투쟁의 상대로 설정하고 민족의 원수라는 적대감정을 통하여 가부장적 독재 정권을 연장하는 주요 명분으로 활용해 온 것이다.

우리 사회 내의 국제정세의 흐름을 무시하는 친북좌익 세력들의 표면화 및 불법까지도 서슴지 않는 반미친북활동의 전개는 이제 젊은이들은 물론, 일반시민들까지도 미국의 존재를 부정적으로만 인식하고, 한반도 갈등의 주범으로 여겨지게 되었으며, 큰 구조적 모순점의 축을 형성하고 있는 북한의 독재 정권의 본질을 망각하게 만들 정도로 사회의 곳곳에 침투해 있다.

우리 사회가 하루가 멀다 하고 외치고 있는 감정적 외세배격 및 안전보장에 대한 대타도 없이 남북 교류에 모든 것을 걸고 가는 것 같은 인상을 강하게 받고 있는 미국과 일본을 비롯한 국제사회의 자유양심 세력들은 우리 정부의 편향된 대북 인식을 걱정하면서 균형감각이 있는 국제 공조 및 남북 공조를 주장하고 있지만 자화자찬(自畵自讚)식으로 성급함과 무(無) 검증으로 대북 문제를 끌고 가고 있는 현 정권의 위험성에 대한 국민적 고찰을 요하고 있다. 나라의 실증적인 국익이 없어지고 있는 안타까운 현상들이다.

국민들이 깨어나지 않으면 우리는 우리가 지금 누리고 있는 경제 번영의 토대를 북한의 독재 정권의 전술에 말려서 잃게 될 것이고, 우방과의 협조로 가능했던 안보의 소중한 토대마저 한미동맹의 와해과정을 거쳐서 잃게 될 것이다.

진정한 통일의 조건과 역사적 의미를 다시 새기는 정부가 되길 바란다. 지금처럼 특정 정파가 집권을 연장키 위한 국내정치의 판갈이까지도 반역사적 세력인 김정일 독재 정권 세력과의 보이지 않는 협조를 전제로 한 반민족적 게임을 계속 전개한다는 것은 선량한 대다수의 국민을 상대로 한 역사적 기만행위 그 이상도 이하도 아님을 명심해야 할 것이다.

아마도 필자가 이러한 걱정을 담은 글을 내보내면 또다시 필자를 '수구꼴통'의 반열로 올려놓고 비난하는 '우물 안의 개구리' 식 인식을 갖고 있는 인사들을 만날 것이다.

필자는 또다시 이들에게 바른 역사인식으로 나라의 안위를 먼저 생각하는 실용주의적 애국주의자가 되길 바란다는 권고를 하고 싶다. 검증 없는 편향된 시각에 매몰된 관념적 애국자들은 이 중요한 시기에 나라가 어디로 가야 하는지 겸허한 고찰을 하길 바란다.

* 2005. 9. 26.

위정자들이여! 윤봉길 의사의 정신을 배워라

민족과 역사를 바로보는 깨달음으로 선각자로서의 길을 가라

추석이 지난 한 주이지만, 들판의 벼 읽는 노란 소리가 전국에 메아리친다. 모처럼 가족과 함께 나온 로타리언(Rotarian)들의 테마여행이 충절과 절개의 고장 충청도의 현충사(顯忠祠), 충의사(忠義祠)를 방문하는 기회가 있어서 순국선열들의 깨달음과 아픔을 되새기는 소중한 시간을 보냈다.

나의 자식들을 포함하여 우리 젊은이들이 의(義)로운 삶을 살다 간 사람들의 바람과 아픔을 되새겨보는 기회가 되길 바라는 마음 간절하다.

요즈음처럼 일반 시민들의 공동체 속에서 더불어 살아가는 윤리가 땅에 떨어지고 나라를 이끌어가는 이 땅의 지도층에 대한 권위와 지도력이 추락하여 백성들의 마음을 달래지 못한 때도 한국의

현대사에서 흔치 않을 것이다.

가족 테마여행을 가기 전날에 한 공중파 방송에서 진행한 '맥아더 장군 동상 철거를 둘러싼 토론 프로' 를 보고 철거론자들의 몰지각한 역사해석과 편견이 찌들은 한국근대사 조명을 보고 대한민국 사회의 일부 담론이 바로 가고 있질 못하다는 걱정을 하고 있었다.

답답한 가슴을 간직하고 돌아본 아산 현충사에서 만난 우리 민족의 영웅 이순신 장군과 충절의 고장 예산에 위치한 윤봉길 의사의 기념관에서 다시 보고 들은 윤봉길 의사의 피 끓는 나라사랑의 마음이 필자의 막힌 가슴을 다소 위로해 주고 뚫어주는 것 같았다.

공복으로서의 의무를 다하지 못하고 백성들에게 개운치 않은 짐만 주고 있는 정치권도 문제이지만, 이러한 사회의 부정적 죄악을 일소하고 감리감독으로 새로운 정치문화를 창조하는 작업의 근간이 되야 하는 일반 백성들의 공동체에 대한 봉사와 헌신의 마음도 아직은 표면에서 잘 보여지질 않고 있다.

일제치하에서 개인의 영달과 가족과의 소중한 삶까지도 포기한 윤봉길 의사 같은 삶을 살아달라는 무리한 주문이 아닐지라도 최소한 공동체 윤리의 기본을 실천하는 마음을 다시 가다듬는 계기가 되라는 뜻에서 필자의 감회를 적어본다.

전통적으로 효(孝)와 충(忠)은 분리될 수 없는 바늘과 실 같은 관계이듯이 우리가 속한 공동체의 건강성과 우리 자신들의 행복지수는 실타래처럼 얽혀 있다는 단순한 깨달음과 이 건강성을 지키려는 백성들의 노력이 요구되어지는 시기이기도 하다.

1908년 6월에 충남 예산군 덕산면 사량리에서 출생한 윤봉길 의

사는 전형적인 한민족의 농촌에서 성장하는 과정에서 순수와 자연을 먹고 사는 한 소년에 불과했다. 그러나 일제치하의 잔악한 폭압과 탄압의 그림자를 느끼게 된 한 시골의 순수한 소년의 가슴 속에는 글을 읽히고 민족의 혼을 깨달아가는 과정을 통하여 윤봉길 의사 개인의 삶을 초월한 민족과 나라의 공익(公益)을 위해 헌신하는 삶을 살아가는 보기 드문 청년으로 성장한다.

매헌 윤봉길 선생이 1931년에 상해에서 김구 선생과 같이 독립운동을 하던 시절이 있기까지 매헌의 삶은 평범한 한 농촌의 청년을 넘어선 농촌계몽을 몸소 실천하고 독립운동을 위한 이론 탐독 및 행동을 위한 신념체계 정립으로 점철되었다.

20세의 나이에 '농민독본' 이란 농민계몽 서적을 자작하여 이를 학습시키고, 21세의 약관의 나이엔 근대적인 농촌의 삶을 교육하고 민족의 문제에 눈을 뜰 수 있는 교육을 위해 부흥원을 설립하고, 증산운동에 매진하였으며, 월례 강연회를 통한 농민의식 계몽운동을 전개하였다.

22세가 되던 1929년에는 본격적인 사회운동을 위한 월진회 및 수암체육회를 조직하고 활동하다 일제의 탄압으로 인해 중국으로 망명하여 본격적인 독립운동의 길로 접어들게 된다.

우리 민족의 자랑스런 살아 있는 충(忠)의 정신인 윤봉길 의사의 나라사랑, 민족사랑의 정신이 꽃을 피우게 된, 1932년도의 상해에 위치한 홍구공원 천장절 기념식장에서의 일제의 심장을 겨냥한 폭탄 투척은, 단순히 혈기와 의(義)를 사랑하는 차원의 한 젊은 영혼의 외침을 넘어선, 철학과 윤리학이라는 측면에서 조명해 보아도

'왜 우리 민족이 부당하게 일제의 탄압을 물리치지 못하는지' 에 대한 분명한 이해와 깨달음이 있었기에 가능한 것이었다.

스스로 책과 깨우침의 과정을 통한 정확한 국제정세에 대한 이해와 민족에 대한 깊은 애정과 실천적인 측면의 실용주의적인 자세가 빚어낸 역사적 사건이었던 것이다.

필자는 지금 세계화(Globalization) 시대의 한복판에서 자원 하나 없이 무역과 인력자원 개발을 통하여 부를 일구어 가고 있는 대한민국호의 역사적 희망과 현실적 제한을 똑바로 알지 못한 상태에서 반미(反美)와 친북(親北)으로 나타나고 있는 일부의 움직임을 보면서 아직은 더 많이 학습하고 깨달아야 하는 국제정세 인식의 빈곤을 보곤 한다.

'바른 지식과 바른 판단, 그리고 바른 행동(三正行)' 의 과정에서 바른 지식이 전제되지 않는 역사해석은 참으로 큰 국가적 재앙으로 연결될 수 있을 것이란 큰 걱정도 하고 있다. 맥아더 장군 동상 철거 논란은 바로 정확한 역사해석을 하지 못하고 정치적 의도가 내재된 편견의 역사해석에 기댄 잘못된 행동이라는 점을 이야기해 주고 싶은 것이다.

윤봉길 의사가 바른 역사해석으로 애국심을 통한 바른 행동을 한 살아 있는 애국자라면 동상철거 세력들의 역사해석과 행동은 국익에 반(反)하는 잘못된 흐름이란 지적을 해 주고 싶은 것이다.

1962년 3월 1일에 대한민국 건국 공로훈장이 추서되어 대한민국의 역사 속에 녹아 있는 그의 애국정신(愛國精神)이 지금 그 어느 때보다도 애절하고 절실한 기운으로 우리 강토 위에 뒹굴고 있는 연유는 무엇인가?

　김구 선생과의 마지막 대면에서 그 당시 나라 잃은 설움으로 방황하던 우리 민족의 젊은이들에게 남긴 매헌의 시를 읽다 보면 지금 어지러운 나라를 생각하는 우리 국민들의 마음이 숙연해질 것이다.

청년 제군에서(1932년도)

피끓는 청년 제군들은 아는가
무궁화 삼천리 우리 강산에
왜놈이 왜 와서 왜글대나

피끓는 청년 제군들은 모르는가
되놈 되와서 되가는데
왜놈은 왜 와서 아니 가나

피끓는 청년 제군들은 잠자는가
동천에 서색은 점점 밝아오는데
조용한 아침이나 광풍이 일어나듯
피끓는 청년 제군들아 준비하세
군복 입고 총 메고 칼 들며
군악 나팔에 발맞추어 행진하세.

　대한민국 역사 속에서 수천 명의 시인들이 유명을 달리했지만 진솔한 나라사랑의 마음을 담은 이 시의 내용 그대로 불의(不義)와 부정의(不正義)의 폭압에 맞서서 의(義)를 위한 삶을 살다간 의로운 삶에서 이 시가 얼마나 훌륭하고 값어치 있는 문학작품인지를 느끼게 된다.

아무리 아름다운 미사여구(美辭麗句)와 수식으로 감칠맛이 있는 문학작품을 써 내려가도 심미적인 자신의 정신적인 만족과 말만으로 끝나는 지식인들의 허구성(虛構性)을 생각하면, 이 시가 갖고 있는 진실성(眞實性)과 역사의 무게를 소중하게 역사 속에 기려야 한다는 책임감을 느끼게 된다.

필자는 학자이기도 하지만, 문학인으로서 윤봉길 의사의 영원히 사는 삶을 기리며 오늘날 우리 사회에서 벌어지고 있는 건전하지 못한 방향에서 극단에 치우치고 있는 개인 이기주의와 편가르기 정파주의를 보면서 나름의 애국관(愛國觀)으로 시 한 수를 지어 현세의 교감으로 삼고 싶다는 마음을 전하면서 글을 마친다.

'나' 보다는 '우리' 를 위해

세상의 흐름이 밝질 못하다고 이야기하는 백성들이 많다
세상의 흐름이 이래서는 안 된다고 외치는 무리들이 있다
안 된다고 외치는 무리들 속엔 역사를 바른 역사로 보지 않고
역사를 자신의 편의와 도그마로 해석하는 어리석은 무리들이 있다
역사는 항상 '나' 보다는 '우리' 를 위해 헌신한 존재들을 사랑한다
역사를 악용하여 사리(私利)를 취한 존재들은 역사의 공간에 설 자리가 없다
그들은 그저 그렇게 자신을 위해 역사를 속이고 자신을 속인
부끄러운 삶의 궤적을
어리석게도 삶을 마감한 이후에나 늦게 깨닫는다
역사의 공간에 설 용기도 없고, 설 자격도 없는 초라하기 그지없는

쥐꼬리 만한 권력을 남용하여 소인배처럼 자신만을 위해 살다간 이후
자신만의, 자기 가족만의 안위를 위해 살다 간 일장춘몽을 본다
우리를 먼저 생각하는 철학 있는 위정자(爲政者), 위대한 백성이 되라
나를 버리고 공명정대(公明正大)하게 민족과 나라를 논하라
우리를 먼저 챙기는 민주시민이 되어야 한다
위정자들이 잘못한다고 꾸짖지 않는 백성은 위대한 백성이 아니다
나라가 어려울 때일수록 나만을 생각하는 소시민이 되지 말라
역사의 무게가 민초(民草)들의 어깨를 누르지 않아도
역사의 힘의 위정자들의 잘잘못을 현세에서 단죄하지 않아도
이 민족을 위해, 이 민족의 역사를 위해, 그리고 후손들을 위해
가슴 속에 손을 얹고 '나' 보단 '우리'를 실천하는 현세인(現世人)이 될지어다
바로 그러할 때에 역사의 숨결은 당신의 가슴 속에 스며들어
그대들의 깨달음을 축복하고, 그대들의 의(義)로운 삶을 칭송하리라.

*2005. 9. 25.

시간 벌기를 관철시킨 북(北) 정권의 속내

우리 정부는 자화자찬(自畵自讚)에 앞서 북(北)의 본질을 알아야

북핵(核)의 포기와 북미관계 정상화로 가는 길목에 너무나 많은 복병들이 도사리고 있다. 향후 적절한 시기에 북한에 제공할 경수로 문제를 논의키로 한 포괄적인 합의는 벌써부터 북한의 선제공세로 미국 및 공동성명 합의국들의 심기를 건드리고 있다.

전격적인 회담 타결의 소식이 수그러들기도 전에 북한의 외무성 대변인은 20일 발표한 담화문을 통하여 '조미관계가 정상화되어 신뢰가 조성되고 우리가 미국의 핵 위협을 더 이상 느끼지 않게 되면 우리에게는 단 한 개의 핵무기도 필요 없게 될 것이고 기본은 미국이 우리의 평화적 핵활동을 실질적으로 인정하는 증거로 되는 경수로를 하루빨리 제공하는 것'이라며 과거에 상투적으로 되풀이했던 자기 주장만 내세우고 있다.

사실 미국의 입장에선 경수로문제를 논의한다는 내심 의중도 북한이 NPT에 먼저 복귀하고 IAEA 안전조치 이행 후 논의한다는 것이었지만 하루 만에 이러한 미국의 순수한 기대는 벌써부터 빗나가고 있는 것이다.

그토록 오랜 시간 동안 북한이 떠들어 온 북미(北美)관계의 정상화로 가는 길목에는 여러 단계의 실천을 요하는 난제들이 놓여 있다. 첫 번째 단계가 에너지 및 전력지원문제인데 이 단계를 실천하기 전부터 북한은 경수로 제공 논의를 들고 나와서 앞으로의 회담이 그리 쉽게 갈지 걱정이 되는 근거를 제공하고 있다.

에너지·전력지원, 그리고 수교협상, 북한 정권의 NPT(핵확산금지조약)·국제원자력기구(IAEA) 복귀, 경수로 제공 논의 시작, 북한 내의 핵시설에 대한 검증, 평화협정체제 협상, 완전한 검증을 위한 연변 원자로 처리 등 수십 가지 복잡한 요소들이 산더미처럼 회담 참가국들의 조율을 기다리고 있다.

'적당한 시점에 북한에 경수로를 제공하는 문제를 논의한다'는 합의가 진행되기도 전에 북한은 또다시 과거처럼 협상에서의 유리한 입지를 선점하려는 과욕에서 우리나라를 비롯한 회담 참가국들의 비위를 상하게 하는 북한 자신만의 입장을 내놓았다.

우리 정부의 공식적인 반응이 주목된다.

'신뢰조성의 물리적 담보인 경수로 제공 없이는 우리가 이미 보유하고 있는 핵 억제력을 포기하는 문제에 대해 꿈도 꾸지 말라는 것이 지심 깊이 뿌리 박힌 천연바위처럼 굳어진 우리의 정정당당하고 일관된 입장이다. 미국이 행동 대 행동의 단계에서 실지 어떻게 움직이겠는가 하는 것은 두고 보아야 겠지만 또다시 선 핵무기 포기 후 경수로 제공 주장을 고집해 나선다면 조미 사이의 핵문제에서는 아무것도 달라질 것이 없을 것이고 그 후과(결과)는 매우 심각하고 복잡할 것이다. 만일 미국이 이번에 한 약속을 어기는 길로 나간다면 우리는 우리의 신념이며 표대인 선군 노선이 가리키는 길로 단 한 치의 드팀도 없이 나가게 될 것이다. 회담에서 미국을 제외한 모든 유관측들은 우리의 평화적 핵활동 권리를 존중하고 우리에게 경수로를 제공하는 문제를 토의하는 데 찬성했다. 미국 대표단은 대세의 추이에 눌려 워싱턴과 여러 차례 연계한 끝에 마지 못해 자기의 고집을 철회하지 않으면 안 되었다' 는 담화를 통해서 모든 문제를 북한 자신의 잘못은 다 덮어 버리고 미국 측에 떠넘기는 과거의 모순을 또다시 재연하고 있다.

우리는 과거 오랜 시간 분명히 북한이 핵을 빌미로 국제사회 및 남한을 상대로 벌여온 기만과 아집의 체제유지 게임을 지켜보았다.

1991년 12월 31일에 북한은 남북한 간의 '비핵화선언' 을 공식천명하고, 다시 1993년 3월 12일에는 NPT의 공식탈퇴를, 다시 1994년 10월 18일에는 '북미 간의 제네바합의' 를 통하여 북한의 핵활동 동결을 약속하더니, 2003년 1월 10일에는 다시 NPT를 탈퇴하는 갈지자(之) 행태를 보여줌으로써 합의와 파기를 번복한, 과거의 신뢰성이 결여된 역사를 간직하고 있는 것이다.

안보문제를 다루는 국제정치 게임은 냉정한 것이다. 이러한 북한의 과거행태를 잘 알고 있을 우리 정부가 외교성과만을 자화자찬(自畵自讚)하고 오히려 앞에 산더미처럼 놓여 있는 난제들에 대해서 국민들에게 균형 잡힌 판단의 근거 및 정확한 북한의 실상을 제공하지 않는 것은 편협한 정파의 정치적 홍보에 치우치고 있는 정부의 대북(對北) 노선에 문제점이 있음을 역설적으로 증명하는 것이다.

일단 한반도에 안보의 위기가 고조되는 것을 적극적인 북미 간의 중재자 역할 수행으로 봉합한 것은 단기적인 외교적 성과라고 할 만하다. 아무리 보아도 중재자 역할이 앞으로 더 큰 효력을 발휘하기 보다는 오히려 미국과의 공조를 약화시키는 고리가 될 확률이 농후하다.

하지만 세간의 공중파 및 친여(親與) 언론들이 과장하여 보도하고 있는 '한반도에서의 획기적인 평화정착의 근간이 된다' 는 식의 보도는 논리의 비약이요, 김정일 독재 정권의 본질이 전혀 변하지 않고 있는 현실에서는 가닥이 쉽게 보일 수 없는 실타래가 얽힌 것 같은 수수께끼임을 망각하게 하는 객관성이 다소 결여된 접근이다.

이번에 우리가 눈을 크게 뜨고 보아야 하는 한 가지의 중요한 사실도 있다. 그것은 다름 아닌 모든 회담 참가국들이 북한의 평화적 핵 이용권한을 보장하고 참가국 모두 대북 에너지 제공 의지를 명확히 한 것은 참가국들이 기본적으로 북한 정권이 단기간에 붕괴하지 않고 살아남을 것이라는 인식을 전제로 하고 있다는 사실이다.

물론 그것이 독재 정권의 연속이라는 인식에는 크게 변함이 없을 것이다. 여기서 우리는 한반도 평화정착의 핵심인 북한의 생존이 보장되는 것에는 아무런 이의가 없다 하더라도 북한의 김정일 정권의 독재가 존속되어 일반 백성들의 고통이 가중되고 인류의 보편적

인 가치인 인권과 민주주의가 정착될 수 없는 체제를 지원하고 인
정할 것이냐의 문제는 두고 두고 논란 거리가 될 것이다.

더군다나, 분단국가의 가장 큰 딜레마인 남북 간의 보이지 않는
체제경쟁이 완전히 종식되지 못하고 있는 안타까운 상황에서 위장
된 구호와 전술로 위장된 평화와 공존을 이야기하는 위험성을 경계
해야 하는 것이다.

지금도 북한 정권은 남한 내의 친북 세력 및 반미 세력들을 향하
여 '우리 민족끼리'를 외치고 위장된 대남(對南) 평화공세에 많은
에너지를 부어넣고 있다.

현 정부도 '민족과 평화'라는 다소 추상적인 구호를 자주 사용하
여 감정적인 순수한 젊은이들의 감상적이고 현실성이 결여된 논리
적인 남북문제 접근을 허용함으로써 마치 북한의 체제가 민주적으
로 변혁되고 대남 전술을 다 포기한 상황에서 '우리 민족끼리' 잘
살자는 진심을 보이고 있는 것으로 일반 국민들에게 착시현상(錯視
現象)을 불러일으키고 있는 실정이다.

그러나 실정은 정반대인 것이다. 6자회담의 기본 타결안을 통하
여 지금 북한 정권은 또다시 시간을 벌었다. 구체적인 실천사항을
협의하고 구체적인 행동강령에 합의하는데 까지는 적어도 수년의
시간을 요하는 마라톤 협상이 기다리고 있다.

포괄적인 합의로 명분을 챙긴 북한은 채 하루의 시간이 가기도 전
에 경수로 제공 시점을 놓고 미국을 상대한 정면승부수를 던졌다.

어제 공동성명이 발표될 시점에 그 누구도, 북한을 제외하곤, 경
수로 문제의 추후 합의부분을 이렇게 북한에게 유리한 쪽으로 치고

나오리란 생각을 하지 못했을 것이다.

김정일 정권은 오늘의 예에서 보듯이 이렇게 시간 끌기를 정당화할 협상안들을 많이 확보했다. 문제는 우리 정부의 분명한 대북(對北) 인식 및 대미(對美) 인식에 있는 것이다.

수십 조(어떤 이는 25조로 추정)에 이르는 대북 전력지원 경비를 남한이 단독으로 부담하겠다는 과감한 정부의 카드가 백성들의 피땀을 짜서 하는 평화비용이란 생각을 해 보지만, 아무래서 북한의 진정한 태도변화를 유인하는 카드가 아닌 상황에서 국민들의 희생이 얼마나 보상을 받을지도 따져 볼 대목이다.

이제는 우리 사회 내의 애국 세력들이 걱정하는 북한의 지속적이고 끈질긴 대남 전략에도 국민들이 귀를 기울여야 할 시점이다.

북한의 본질적인 변화를 담보하지 않고 추진될 한반도의 '평화협정체결' 은 한미동맹의 축을 와해시키고 주한미군의 존재 의미를 고갈시킬 것이다. 지금처럼 반미(反美) 물결을 조장하고 대한민국 헌법의 정통성을 훼손하는 일부 친북좌익 세력들의 활동이 보장되는 상황이 계속된다면, 한미동맹의 기본축은 쉽게 무너지고 오히려 '우리 민족끼리' 를 모토로 맹렬하게 친북(親北) 분위기를 조성하는 폐쇄적 민족주의 세력들의 입지를 더욱더 강화시킬 것이다.

필자는 일본과 독일에 각각 수만의 미군이 주둔하여 그 지역의 안보를 위해 세력균형을 유지하는 역할을 수행하고 있는 것을 알고 있는 일본 국민이나 독일 국민이 미군을 나가라고 외치는 소리를 들어 보지 못했다. 먼 훗날 독재 정권이 소멸되면 같이 부둥켜 안고 갈 그들이지만 지금 이 순간 오히려 적(敵)과의 동침을 하고 있는

분단국가 서울에서 그러한 외침이 있다는 것을 잘 생각해 보아야
한다.

외세(外勢)라고 무조건 배격하는 사고방식으로 21세기의 무한경
쟁시대를 헤쳐나간다는 것은 어불성설(語不成說)이요, 독설(毒舌)
이다. 반미(反美)의 경직성보다는 용미(用美)와 극미(克美)의 부드
러움을 요하는 정보통신시대에 살고 있다.

우리 스스로 우리의 문제점이 어디에 있는지 깨닫지 못하고 소주
잔 속에서만 나라 걱정을 하다 보면, 언젠가 시간이 일정부분 흐른
후에 우리 스스로 대한민국호를 선진국의 문턱에서 좌초시키고 마
는 큰 아픔을 느끼게 될 것이라는 필자의 선견지명(先見之明)을 전
하고 싶다.

*2005. 9. 20.

노무현 정권은 백성들에게 정직해라

부국강병(富國强兵)의 지름길을 두고 돌아가는 이유가 무엇인가?

제4차 6자회담이 재개된다는 외신과 방송의 보도는 요란하지만 정작 북핵의 본질을 철저히 가려내고 협상으로 북핵의 완전한 폐기를 위한 합의문 도출에는 많은 난제(難題)가 도사리고 있다.

언론의 보도에서도 보듯이 정작 우리 사회 내에서도 월 단돈 몇 만원이 없어서 전기공급이 중단되는 비참한 삶을 살고 있는 신(新)극빈층이 고통스럽게 암흑의 지하 셋방에서 전기공급이 두절되어 촛불로 지새는 경우를 알고 있는 현 정부가 한반도의 평화를 명분으로 200만kw의 전력을 공급한다고 떠드는 모습도 서민들의 입장에서는 많은 생각을 하게 만들 것이다.

한 마디로 검증되지 않은 평화비용보다 대한민국 저소득층 구성원의 발밑의 어두움을 보아야 한다는 것이다.

한국전력에 따르면 올 6월말까지 전기료를 3개월 이상 내지 못해 단전 위기에 놓인 가정이 48만 4,098곳에 이르고 지난해 같은 기간의 45만여 가구보다 3만여 가구가 늘어난 수치임을 잘 살펴볼 필요가 있다.

역사가 전개되는 과정 속에서 어두운 뒷골목의 극빈층 이야기는 항상 존재해 왔지만 아무래도 수치상 1인당 국민소득 1만 4천 달러를 이야기하는 정부가 책임져야 할 사회안전망(Social Safety Net)의 적절한 배분의 실패작인 것이다.

필자는 바로 이러한 생활정치의 문제를 뒤로 하고 시대의 흐름에 역행할 뿐만 아니라 바람직스럽지 못한 정치적인 목적에 올인하고 있는 집권 세력의 부도덕성과 부정직성을 고발하고 싶다.

검증되지 않는 북한의 핵문제 해결을 위해서 평화비용으로 막대한 양의 전력공급을 통치행위 차원에서 시행한다는 전제조건은 이러한 국민의 막대한 세금이 적절히 쓰여져서 국민들에게 궁극적으로 보이건, 보이지 않건 안보나 기타의 문제에서 더 큰 이득을 갖다줄 것이라는 국민들의 믿음이 전제되어야 한다.

필자와 같이 한반도 및 북한의 문제에 많은 관심을 갖고 정보를 수집하고 자료를 분석하는 사람에게 우리 정부가 국민의 보편적인 정서나 경제적 현실성을 무시하고 지나치게 앞서서 치고 나가는 대북 지원의 정당성은 매우 적다는 판단을 한다.

단 북한의 본질이 바뀌어서 같은 사회주의를 하더라도 등소평 같은 지도자가 북한의 인민을 생각하는 정치를 하고 있다면 이보다 훨씬 더 많은 대북 지원을 해도 전혀 아까움이 없는 우리의 안보비용이 될 것이다.

우리 정부는 역사적인 실험에서 실패해서 신음하고 있는 북한 정권의 본질은 건드리지 않고, 계속 얼굴의 화장만 고치고 있는 북한 정권의 잘못은 지적하지 않고, 이제 많은 부분이 실패작으로 증명되고 있는 햇볕정책의 무리한 존속을 위해서 북한을 달래고 어우르는 정도가 도를 넘어서, 지나친 낙관론(樂觀論)의 함정에 매몰되어 있다는 인상을 지울 수가 없다.

오늘부터 평양에서는 남북의 장관급회담을 개최하여 '정전협정'을 '평화협정'으로 전환하고 한반도에 실질적인 평화가 정착된다는 홍보효과를 겨냥한 서로가 노력하는 모습을 국민들에게 보여줄 것이다. 그러나 이러한 노력의 본질은 한 점의 꺼리낌이 없는 민족적인 축제여야 함에도 불구하고 가부장적 독재 정권의 위선(僞善)과 우리 정부의 국민적 공감대가 검증되지 않은 편견(偏見)의 왜곡성(歪曲性)을 잉태하고 있는 상황에서 한민족 전체의 이득보다는 협소한 정파들의 이득을 겨냥하는 것 같아서 제대로 알고 있는 국민들이 다소 화가 나는 지경이 되어 버렸다.

문제는 지금 한반도의 안보지형에 큰 먹구름으로 다가온 북핵문제도 차려진 밥상에서 요리되지 못하고 겉돌고 있는데, 어떻게 정전협정의 당사자도 아닌 한국 정부가 당사자들을 제치고 북한과 평화협정을 논의한다는 것인지 궁금하고 학자로서도 의문점이 생긴다.

아무리 생각해 보아도 북한이 보여온 과거의 정치적인 행태나 본질적인 한계성을 반추해 보아도 지금 숨가쁘게 논의중인 북핵의 해

116

결이 없는 남북 간의 만남이 본질을 비켜가는 북한의 선전·선동의 장(場)으로 전락하고 있다는 느낌이 강하게 다가온다.

우리 정부의 의도가 순수하고 화해와 협력의 정신을 고양키 위한 고육지책(苦肉之策)이라고 자위하고 국민들에게 홍보할지 모르나, 지금 우리 국민들의 안위와 밀접하게 관련된 북핵문제도 북한의 고집과 독선으로 해결의 실마리가 마련되고 있질 못한 상황에서 정부의 대북문제 협상의 초점을 이처럼 분산시키고, 한미 간의 공조가 이완되는 결과를 가져올 알맹이 없는 접촉의 궁극적인 효율성을 따져 보아야 할 시점이다.

북한이 주장하고 있는 평화적 목적의 핵프로그램 용인문제가 그들이 과거에 저지른 거짓과 위증의 산물인지도 모르고 땡강을 놓는 자리로 전락되어서는 안 된다.

현 정부도 공식적으로 '북핵문제의 해결과 평화증진'을 첫 번째의 과제로 선정하고 있고 이 바탕 위에서 '남북 협력의 심화와 평화체제 토대마련 및 남북 평화협정 체결과 평화체제 구축'이라는 단계적 로드맵을 갖고 있기에, 기초적인 북핵부터 신중하고 단호하게 다루는 전략을 택해야 하는 것이다.

필자가 수도 없이 주장해 온 것처럼, 북한체제의 본질적인 변화가 전제되지 않는 회담과 접촉은 아무런 실질적인 변화를 보장할 수 없는 상황에서 우리 국민들에게 잘못된 북한관(北韓觀)을 심어주는 선전의 장(場)으로 활용되어질 것이다.

우리 민족의 동질성을 부정해서도 아니고 남북 통합의 정당성을 의심해서가 아닌, 실질적인 목적과 목표가 성취될 수 있도록 하기 위한 현실적인 조건들을 이야기하고 있음이 아닌가?

만약 현 정부가 북한의 불순한 의도나 문제점에 대한 확실한 자료나 판단이 있는데도 잘못된 정치적인 목표만을 의식해서 벌이는 정치행사라면 이 민족의 운명과 생사를 대가로 정치적인 목표를 추구하는 역사적 과오를 저지르고 있다는 자각이 있어야 한다.

이젠 필자도 대한민국의 정치판의 문제점과 우리 사회의 고질병에 대해서 느낄 만큼 느끼고 읽을 만큼 읽고 있는 식견과 안목을 갖고 있다고 생각한다.

그렇게 많은 지식인들이, 애국지사들이 현 정권의 문제점을 지적하고 시정을 요구해도 이를 무시하고 '너는 너대로 나는 나대로' 방식을 고수하면서 무리수를 두면서 밀고 가는 저의가 무엇인가?

분명히 북한은 이번의 남북 장관급회담을 또다시 실체도 없는 민족공조를 강화하고 외세배격이라는 목표를 실천하는 차원에서 반미(反美)감정을 고취하는 중요한 기회로서 활용할 것이다.

김정일체제의 모순과 한계가 점점 더 알려지면서 북한 사회 내에서 매우 빠르게 번지고 있는 반체제 세력들을 제압하고 주민들을 통제하는 학습의 장(場)으로 활용할 것이다. 그리고 지킬 의지도 부재한 상황에서 형식적인 남북 합의문을 만들어서 임시방편적으로 현 정권에게 대북 사업의 성과를 알리는 약간의 인센티브를 제공하고 더 많은 경제적 지원을 얻어내는 기회로 활용할 것이다.

북한에게 당장 이득이 되는 것은 당장 실행토록 하고, 자기들의 체제유지에 걸림돌이 되는 남북 합의사업은 시간 끌기로 버틸 것이다. 이미 1992년에 합의한 '남북 비핵화에 대한 합의'가 있어도 김정일 정권의 운명을 걸고 벌이는 '북핵 수수께끼'에 있어서 남북 간의 합의는 벌써 휴지통에 버려진 지가 오래 되었다.

이제 우리 국민들도 알아야 한다. 남북 간의 평화문제를 다루는 것이 미국의 협조와 주변 강대국의 적절한 개입이 없이 현실적으로 불가능하고 핵문제를 평화체제 문제로 이행하는 과정이 아직은 가시권에 있질 않고 북핵 해결 후의 먼 여정이라는 사실을 알아야 한다.

현실적으로 미국과의 긴밀한 공조로 북핵을 풀어낸 이후 동아시아에서 군사적인 영향력이 가장 큰 미국의 적절한 협조와 양해를 전제로 한 평화체제 구축문제에 대한 논의가 현실적 추진력을 가질 것이고 선전성 구호가 철저히 배제된 상호신뢰의 조건에서만 실타래처럼 얽힌 문제를 풀어가는 조그마한 시작이 되는 것이다.

지금 남북의 당국자가 만나서 '우리 민족끼리' 하자고 투지를 다지고 의기가 투합되어도 북한 정권의 본질에 대한 변혁(變革)과 개선이 전제가 없는 상황에선 긴 역사적인 시각으로 보아도 북한의 고통받는 주민들에게도 역사적인 정당성을 많이 줄 수가 없는 술책이기에, 이러한 우리의 안타까운 현실을 정부의 위정자들이 직시하길 바란다.

이제는 만남 그 자체와 실체가 부족한 합의문을 만드는 것이 중요한 것이 아니라 진지하게 조그만 것도 거짓이 없이 다가서고 이뤄야 한다는 변화된 자세가 필요한 것이고, 그러한 변화된 자세는 북한 정권의 본질이 변혁(transformation)되는 시점에야만 확보가 가능하다는 슬픈 현실을 우리가 알아야 하는 것이다.

현대아산의 현정은 회장이 다분히 정치적인 포석으로 진행하고 있는 현대의 대북(對北) 사업이 차질이 있어도 북한의 부적절한 개인회사의 경영권까지 침해하는 것을 좌시하지 않겠다는 의지를 표출한 것은 향후 북한당국의 올바른 현실인식을 위해서도 아주 잘한 일이고 정부가 오히려 북한의 당국을 대하는 기본적인 자세로서 배워야 마땅하다.

어차피 북한의 당국이 현대아산과 추진중인 백두산·개성 관광 및 기존의 금강산 관광사업이 남한으로부터 현금을 얻어내는 아주 단순한 동기에서 시작한 것이기에 원리원칙적인 우리의 입장을 확고히 다지는 것이 좋다.

내정간섭까지 불사하는 북한의 오만불손함에 대해 분명한 시정의 메시지를 전하고 지나치게 비굴한 조건에서는 개인적인 사업이나 협상에 임할 뜻이 없음을 분명히 천명해야 한다.

북핵문제의 해결도 바로 이러한 우리 정부의 당당하고 합리적인 주장과 협조 위에서 이루어지는 것이지, 비굴할 정도의 저자세로 대북 사업의 알맹이 없는 성과에만 급급해서 유한한 정권의 문제로 국한시키는 역사적 실책을 범하지 말아야 한다.

북한 정권은 미국을 원수로 여기고 통치의 주요한 근거로서 미국의 제국주의를 활용하고 정권을 유지해 온 폐쇄적 독재체제이지만, 우리 정부는 미국의 협조와 도움이 없이 오늘날의 경제적 풍요가 보장될 수 없는 냉전의 시대를 걸어오면서 동반자적 관계를 더 강화해 온 역사적 현실을 직시하고 있다.

미국이 하는 일이 다 옳다는 것은 아니지만, 지금 우리 사회의 일부 친북(親北) 세력이 주장하는 것처럼 미국의 부정적인 면만 지나치게 부각시키는 것도 크게 경계해야 한다.

김정일 정권의 수구반동적인 정치적 선동을 억제하지 못하는 우리 정부의 방관자적인 태도는 더 큰 안보문제를 야기할 것 같아서 걱정이 앞선다.

맥아더 장군 동상 철거문제로 대남(對南) 심리전을 끈질기게 전개하고 있는 북한과 한 목소리를 내는 우리 사회의 일부 집단들이 고도의 심리전을 전개해서 얻어낼 것이 무엇인지까지 우리 정부나 국민들이 알고 있으면서 방치하는 죄악(罪惡)이 얼마나 큰 것인지 역사는 거짓이 없이 우리에게 가르쳐 줄 것이다.

우리 정부의 적절한 대응과 견제가 부재한 상황에서 지나치게 북한과의 허울좋은 민족공조에 기대어 다가올 각종 선거에서 정치적인 이득을 계산하고 있는, 역사를 모욕하는 일부 세력에게 국민들의 준엄한 심판이 있어야 할 것이다.

아울러서 새로운 정치를 모색하는 정치 세력들에게도 이 문제에 대한 분명한 역사관(歷史觀)을 묻고 우리 국민들이 올바른 세력으로 추인하는 힘든 작업을 해야만 한다.

국제정세를 균형감각으로 잘 인지하고 한쪽에 너무 치우치지 않은 사고를 하는 사람이라면, 왜 한 평범한 실업가가 사비를 투자하여 주요 일간지에 커다란 광고를 내어서 불안정한 한미관계를 걱정하고 국민들의 각성을 촉구하고 있는지 심각하게 고민해 볼 것이다.

경륜이 적고 혈기가 넘치는 젊은이들도 일정한 정부의 권력이 아닌 한 민간인이 낸 광고 '친구는 어려울 때 돕는 관계라고 합니다.

우리는 감사할 줄 아는 국민입니다’ 는 제목이 나왔는지 진지하게 생각해 보았으면 한다.

오늘 아침 한 조간지에 실린 한 시민의 광고를 보면서 양심적이고 보편적인 사고를 하고 있는 깨어 있는 시민의 조그마한 노력이 어려운 처지에서 방황하고 있는 ‘대한민국호’ 를 구제하는 조그마한 씨앗이란 생각을 해 보았다.

문제점이 산적해 있는데도 북한의 눈치를 보고 있는 정부는 적당히 방관하고 오히려 양심적인 시민이 사비(私費)를 들여서 대한민국 사회의 문제점을 지적하고 있는 이 사태를 어떻게 치유해야 할지 암담한 심정이다.

며칠 전 필리핀 방문중에 필리핀의 중진 정치인인 필자의 친구가 전해 준 두 가지 이야기가 귓전에 메아리처럼 맴돈다.

“필리핀에서 극단적인 민족주의(Ultra Nationalism)를 주장하는 세력들이 미군을 완전히 수빅 만에서 몰아낸 다음 필리핀의 경제는 악화되었으며 공산화된 베트남의 현 사회주의 정권이 경제발전을 담보하고 인접한 공산국가인, 정치적으로 불안정한 중국을 견제하는 카드로 미국을 동경하고 경제·외교적인 지원을 요청하고 있다.”

위정자들은 전기세도 없이 처참한 생활을 하고 있는 극빈층에게 다가가서 경제가 얼마나 중요한지 경청하기 바란다.

*2005. 9. 13.

동맥경화증이 걸린 대한민국

막힌 언로(言路)와 도로(道路)는 뚫는 것이 상식인데

지난 주말에 충청도의 선영에 가서 벌초를 하고 어제 올라오는 서울 귀경길은 한 마디로 짜증과 체증의 난장판이었다. 평소 같으면 많이 잡아도 충청도의 금산에서 집이 있는 일산 신도시로 오는 데에 3시간이면 되었지만, 어제는 저녁 7시에 출발하였는데 일산의 집에 도착해 보니 그 다음날 2시가 넘어 있었다.

필자의 기억으론 15년 전부터 발생하던 상황이 주말과 명절, 그리고 휴일 및 휴가철에 점점 더 악화된 상황으로 발전하고 있는 것이다.

즐거운 선산 방문의 추억은 다 뭉그러지고 우리나라의 교통정책을 담당하는 수장에 대한 짜증이 극에 달하였다. 교통정책에 대한 근본적인 발상의 전환을 요하는 시점이 된 것이다.

‘분명한 몇 가지 원인이 있다’는 진단이 있는데도 이런 저런 이유로 실행을 보류하고 미루고 있는 직무(職務)유기를 생각하지 않을 수가 없다.

같은 맥락에서 대북(對北)문제도 분명한 길이 있고 방법이 있는데 편의적인 해석으로 건전한 비판이나 대안제시를 수용하지 않고 오로지 자신들의 견해만을 우선시하면서 소중한 국민들의 여론을 무시하고 있다.

주말 및 주요 국경일에 이러한 교통체증을 경험해 본 사람이라면 같은 예산을 들여서 왜 고속전철이 우선순위가 되었고 고속도로를 확충하는 사업이 후(後)순위가 되고 있는지 의아해 할 것이다.

교통정책을 총괄하고 있는 교통부장관은 이번 추석 명절에 본인이 직접 차를 몰고 귀경길에 합류하여 민초(民草)들의 고초를 겪어 보기 바란다.

엄청난 외화가 길거리에 뿌려지는 낭비뿐만이 아니라 금쪽보다 귀중한 시간을 허비하는 이중고(二重苦)에 시달리고 있는 것이다. 땅값이 부족하면 이층고속도로라도 건설하여 이 문제를 해결해야 하는 것 아닌가?

왜 행정행위를 국민의 편의에 기반에서 하지 않고 정책 결정자의 편의에 입각에서 결정하는가?

십수 년 전 한 대선 후보가 제시한 이층고속도로의 공약이 떠오른다. 15년 전에 이러한 합리적인 진단을 내리고 조금씩 시정하려는 정책을 시행해 왔다면 어제와 같은 극심한 정체와 대혼란은 없었을 것이다.

'전용차로제' 시행과 부분적인 도로보수 등으로 점점 더 증가하는 차량통행으로 빚어지는 극심한 교통혼잡을 잡을 수 있다고 생각하는 것은 아니질 않는가?

필자는 대북(對北) 정책도 이와 똑같은 맥락에서 진단하고 싶다. 이미 수년 전부터 모호성과 불확실성(ambiguity & uncertainty)을 줄이고 북한사회를 점진적으로 변화시키는 보편적 정당성을 담은 명쾌한 전략·전술이 있다고 북한문제 전문가들이 입을 모으고 정부에 촉구했지만, 아직도 특정 정파의 일방적인 분석에 기초한 친북(親北)적인 진단으로 엄격한 상호주의(reciprocity) 적용의 실패가 부르고 있는 엄청난 부작용을 목격하고 있질 않은가?

우리 정부가 이처럼 북한 정권의 한계와 위선에서 파생되고 있는 분명한 문제점을 알면서도 차일피일(此日彼日) 북한의 요구만 들어주는 방향으로 끌려 다니다 보니, 북핵문제도 북한 정권의 의도와 전술대로 우리의 절박한 입장은 무시당하고 철저하게 김정일 독재 정권의 이익만이 고려댄 위험천만(危險千萬)한 '시간 벌기 작전'으로 치닫고 있는 것이 아닌가?

북한은 오늘도 말로는 평화를 이야기하면서도 우리나라의 내정 행위에 대한 불편한 심기를 수시로 노출하면서 마치 우리 정부가 그들의 하수인(下手人)이라도 되는 것처럼 오만방자(傲慢放恣)해진 간섭 아닌 과도한 간섭을 사고 있는 것이다.

한 언론의 보도에 의하면 북한은 오랜 동안 관행으로 굳어진 '한미 을지포거스 훈련'을 새삼스럽게 비난하면서 우리를 '배신자'라고 칭했다 한다. 굶어 죽는 백성들을 핑계로 우리 정부로 하여금 동

정심을 유발하여 식량 50만톤과 비료 20만톤을 얻어간 것이 엊그제인데 지금 그들은 또다시 선전·선동으로 똑같은 대남(對南) 심리전을 전개하고 있다.

더 심각한 문제는 이러한 북한의 주장에 동조하여 친북적인 논조로 민족공조를 외치는 우리 사회의 자각하지 못하고 있는 시대착오(時代錯誤)적인 세력들일 것이다. 겉으론 외세를 배격하는 민족주의자로 포장하고 있지만 속을 들여다보면 사상적으로도 매우 편협된 인식을 하고 있는 것이다.

대북(對北)문제도 우리나라의 고질적인 교통문제와 똑같다. 분명한 원칙과 소신을 천명하고 도울 것은 인도적인 차원에서 돕고, 요구할 것은 당당히 요구하면서 상호주의에 입각한 지원정책을 계속하면서 우방(友邦)들과의 공조를 강화하면 북한 정권은 변화의 길을 걸을 수밖에 없는 딜레마(dilemma)에 처해 있는 것이다.

북한 지도부는 그들이 자주 우리를 협박하는 것처럼 먼저 남한을 상대로 한 무력도발을 일으켜서 '불바다 전(戰)'을 전개할 수도 없는 한계성'을 잘 알고 있다. 만약 그들이 6.25 때처럼 다시 한 번 내전을 일으킨다면 이제는 북한 정권의 모든 것이 다 없어지는 결과를 맞을 것이라는 분명한 명제를 잘 알고 있는 것이다.

왜 우리 정부는 우리의 정당한 목소리마저 저버리고 분명한 정책적 선택을 이런 저런 이유로 방치하고 아직도 북한의 눈치만 과도하게 보고 있는가?

다시 강조하지만, 얼마 전에 확인된 바에 의하면 북한의 선전·선동이 극(克)에 달해서 이제는 노골적으로 우리의 내정에 간섭하는 노골적인 심리전을 전개하고 있다.

북한의 관영매체를 동원한 북한은 '6.25 전쟁을 통일전쟁' 이라 규명한 북한의 강정구 교수를 비난하는 국내의 여론을 질타하면서 '친미·보수 세력에 의한 중상모략의 희생자' 반열로 그를 승격시키는 선동을 하고 있다.

우리 사회 내에 얼마나 확실한 수의 냉전·수구적 민족주의에 현혹된 김정일 정권 동조 세력이 있는지는 모르지만 우리 남한의 민주시민들을 상대로 강 교수 문제를 거론함으로써 처벌을 받지 못하도록 '남조선 인민들은 저지 투쟁에 나서라' 는 노골적이고 색깔 있는 통일전선전술을 전개하고 있다.

바로 보는 시각을 갖고 있는 국민이라면 이러한 북한의 억지가 얼마나 우스꽝스러운 일인지 잘 알 것이다.

우리 정부는 고속도로 체증을 치료하는 방법을 알면서도 쉽지 않다는 이유로 행동을 하지 않고 좋은 계책을 연구중이라는 항변과 같이 심각해진 안보문제를 더 이상 방치하지 말고 바른말을 하지 않는 위선(僞善)과 편견(偏見)에 몰입된 무사안일(無事安逸)적인 대북(對北) 노선에 과감한 궤도수정이 있어야 한다.

최근에 미국의 북한 인권의원회(UCHRNK)보고서는 '김정일 정권이 대북 원조식량의 25~30%를 빼 돌리고 있다' 는 사실을 발표하였다.

만약 우리가 우리 사회 내의 결식아동과 빈곤층에게 돌아가야 할 식량을 더 큰 명분으로 돌리고 민족의 이름으로 제공하고 있는 소중한 식량의 일부분을 독재 정권이 빼돌리고 있기에 굶주리고 있는 우리 동포들에게 배분되고 있질 못하다면, 앞으로 식량원조를 다 중단하고 다시는 그러한 일이 없도록 하는 제도적 장치마련이 있기 전에는 식량제공이 있을 수 없다는 분명한 정부의 입장천명(立場天命)이 있어야 한다.

우리 정부는 이러한 소식을 접하면서도 유구무언(有口無言)이다.

이젠 북핵문제도 우리 정부가 용인할 수 있는 분명한 한계점(限界點)의 설정과 더불어 문제해결에 가장 큰 영향력을 행사하고 있는 미국과의 공조체제로 남북 공조의 헛점을 보완하고 동맹국들과의 일치된 목소리를 내야 할 시점이 되었다.

수십여 차례 필자의 칼럼을 통하여 정부당국의 무사안일(無事安逸)을 비판하고 노선전환을 촉구하였지만 큰 변화가 없어 보인다.

만약, 아직도 '중간자적 입장에서 평양의 목소리를 담아내야 한다'는 그릇된 식견에 의지하는 정부가 된다면 우리 국민들에게 안보적으로 큰 죄를 짓게 될 것이라는 필자의 생각이다.

9월 5일자의 인터내셔널 헤럴드 트리뷴(IHT)의 한 북한관련 기사는 이제 시간 다 소진되고 있는 북핵 해법을 보여주고 있다.

'미국의 더 이상 인내하지 않을 것을 경고받은 북한(N. Korea is warned of U.S. impatience)'이라는 제목의 기사는 지난달 30일부터 나흘간 북한을 방문하고 돌아온 톰 랜토스(Tom Lantos) 미국 민주당 하원의원이 주장한 '미국이 현 시점에서 북한의 평화적 핵 이용권 주장을 받아들일 수 없다는 입장을 분명하게 전달했다'는 대목을 잘 보도하고 있다.

짐 리치(Jim Leach) 미 공화당 소속 하원 국제관계 소위원회 위원장과 함께 평양을 방문한 랜토스 의원은 우리 정부가 유념해야 할 중요한 단서를 주었다.

그는 '북한이 경수로 공사재개 문제를 제기한 데 대해 의회 대표단은 공동문건부터 합의하자고 제안했다' 면서 '나중에 경수로 문제를 다시 거론할 수 있겠지만 현 시점에서는 공동문건이 북한의 평화적 핵활동 문제를 다룰 수 없다는 입장을 분명히 전했다' 고 설명했다.

특히나 '허리케인 카트리나로 미국 국민들의 관심은 국내 문제에 쏠려 있고, 북한이 핵문제 해결에 시간을 끌 경우 미 의회는 물론이고 국민이 인내심을 잃을 것' 이라는 매우 중요한 미국의 입장을 전해 주었다.

다음의 기사 원문에서 미국의 분명한 입장을 보면 된다.

North Koreans did raise what has become a major impasse in the talks, namely their desire to maintain the right to build nuclear power plants. The North Koreans have insisted that any statement of shared principles should not prohibit them from pursuing a "peaceful" program. The United States has opposed such a program, in light of North Korea's past deceptions about its nuclear ambitions.

이처럼 미국을 위시한 국제사회는 북한을 보는 입장을 분명하게 정리하고 있다. 우리 정부도 이젠 북한에게 분명한 입장변화를 주

문하고 한반도의 안정적인 안보환경 조성에 총력전을 전개할 시점
이 되었다.

이러한 북핵 사태 내면의 엄격한 현실을 알면서도 미지근한 우리
정부의 입장을 고수한다면 이는 마치 고질적인 주말 교통체증의 원
인을 알면서도 대책을 세우지 않음으로써 시간이 갈수록 국민들의
고통과 희생만 커지는 것과 다름이 없을 것이다.

더욱더 중요한 것은 안보문제는 교통체증문제처럼 국민의 과다
한 비용부담과 고통으로 끝나는 것이 아니라, 우리의 중요한 생존
의 터전이 훼손될 수 있는 생존권의 문제라는 것을 알기 바란다. 교
통문제나 북핵문제 해결의 시간을 지연시키고 있는 대한민국의 동
맥경화현상을 하루 빨리 해소해야 한다는 필자의 안타까움을 전하
면서 글을 마친다.

*2005. 9. 5.

한국정치의 병폐는 제도가 아닌 올바른 인물 부재에 기인

노 대통령의 연정론(聯政論) 제의를 논의할 여야 영수회담을 수락한 박근혜 한나라당 대표의 어깨가 무거워진 느낌이다.

일단은 노 대통령의 진의(眞意)에 대한 궁금증을 풀고 있질 못한 국민들이 야당의 대표를 통해서 한 번 거를 수 있는 기회가 주어졌다는 점에서 긍정적으로 평가한다.

문제는 과연 지난 6월 하순부터 줄기차게 제기해 온 연정론의 진짜 의도와 장단점을 논리적으로 공박하고 헛점을 부각시켜서 국민적인 공감대를 얻을 수 있는 논란의 매듭을 가져올 수 있을까 하는 우려이다.

야당 대표의 역사적 책임은 적어도 표면상으로 '지역주의 기득권을 내놓으라' 는 노 대통령의 정당한 정치개혁 의지를 어떻게 논리적으로 반박하고 국정의 우선순위가 연정이 아닌 민생경제와 다급해진 안보문제라는 것을 역으로 부각시키느냐에 달려 있다.

연정이 다급한 문제가 아니라 현 정권이 국정의 우선순위를 잘못 책정하고 있다는 분명한 메시지를 국민들이 납득할 수 있도록 능동적으로 만들어가는 토대가 될 철저한 대외상황 인식 및 국내정치 인식이 필요한 것이다.

우리 사회 내의 연정관련 논쟁(論爭)이 찬반(贊反)으로 나뉘어 노대통령의 연정 구상을 분석하고 있지만, 필자가 보기엔 정작 한국정치의 참 문제는 제도의 탓이라기보다는 정치행위를 하고 있는 정치인들의 자질 및 도덕성에 더 큰 원인이 있다고 판단된다.

연정을 통한 여소야대 정국을 극복하고 이념적으로 다소 문제점을 보여온 국가보안법을 폐지하고, 과거사진상규명법 같은 법을 만들어서 여당의 정치적 구상을 위한 정치판갈이를 하려는 의도라면 아예 시작도 하지 말고 다시 재고해야 마땅하다는 생각이다.

어떤 인사는 일간지에 기재된 칼럼을 통하여 국민통합을 위한 대통령의 노력이 과거의 '승자독식형 다수결 민주주의(majoritarian democracy)'로부터 '국민통합형 협의 민주주의(consociational democracy)'로 가야만 하는 협의주의 모델을 이야기하기도 한다. 연정론에 후한 점수를 주고 있는 이 주장은 협의주의의 핵심이 대연정 및 비례대표와 같은 권력분점을 통해서 국민통합을 실현한다는 이론을 이야기하고 있다.

순수한 학술적인 접근에서의 정당성은 인정할 수 있어도 한국정치의 토착화된 병리현상을 자세히 들여다본 사람이라면 이러한 주장이 얼마나 순진한 이론적 고찰인지 알게 될 것이다.

반대진영에서 논쟁을 하고 있는 다른 인사는 역시 신문에 기고한 글을 통하여 한국정치의 모든 악(惡)을 지역구도에서 찾고 있는 노 대통령의 독선을 경계하고 있다.

그리고 '선거제도의 개혁이 지역구도의 극복으로 이어진다'는 논리도 상당한 비약일 것이고 지금 우리 사회의 병리현상(病理現象)에 대한 정확한 진단은 오히려 선거제도 변경으로부터 오는 혼란과 비용을 걱정하고 정치안정을 위한 국정에 전념하는 것을 더 중요한 덕목으로 들고 있다.

자칫 잘못하면 연정을 통하여 지역구도의 극복과는 정반대의 지역구도의 심화를 부채질하는 악순환을 경계해야 한다고 주장하기도 한다.

무엇보다도 큰 문제는 국민의 진정한 바람과 격리된 청와대의 정치개혁 놀음에 국가의 건전한 커뮤니케이션 문화가 손상되고 대통령의 진정한 의도를 모르는 국민이 정부의 국정능력에 대한 의심만 부추기는 부작용을 생각해야 할 시점인 것 같다.

필자는 이런 저런 우리 사회의 한국정치 발전에 대한 논쟁을 일면 긍정적으로 평가하면서도 문제의 본질을 빗겨가는 정략적인 논쟁에서 국민들이 더 실망하지 않을까 더 걱정이 앞선다.

정작 한국정치의 개혁을 논(論)한다면, 선거제도 개혁 등을 통한 지역구도 극복 노력을 폄하한다거나 부정하는 차원의 소인배적인 접근이 아니라 정작 문제의 본질은 급변하는 시대에 부응하는 유능한 정치지도자 양성이라는 과제였다고 보여진다. 중책을 맡고 한국정치를 견인해 가는 올바는 정치인물의 양성에서 찾아야 한다고 본다.

지금 대한민국의 헌법이 잘못되어서, 또는 선거제도가 잘못되어서 우리 정치가 이처럼 국민들로부터 버림받고 정치 염증을 생산하고 있는 것은 아닐 것이다.

아무리 좋은 선거제도와 정치제도를 갖고 있어도 이것을 운영하고 채우는 정치인물들의 그릇됨과 됨됨이가 부족하면 항상 제도 탓으로 모든 잘못을 돌리고 정작 중요한 본질을 간과하는 우를 범할 것이다.

필자가 보는 한국정치의 가장 큰 문제점은 급격히 변화하고 있는 21세기의 담론을 잘 이해하고 정직과 도덕성으로 무장한 유능하고 참신한 정치인들을 얼마나 많이 양성하고 정치권에 진입시키냐는 인물난(人物難)에 있다고 보아야 한다는 정설을 이야기하고 싶다.

'새 술은 새 부대에 담아야 한다' 는 평범한 진리는 간과하고 제도 탓만 하는 우리나라의 정치개혁 수준을 생각해 보니 국민들의 깨달음과 자발적인 참여를 통한 정화운동이 없이는 이 대한민국의 정치 병리현상을 극복한다는 것이 요원한 과제가 될 것이다.

지금 흔들리고 있는 대한민국호는 시대상황을 잘 인지하고 국제정치와 국내정치의 본질을 간파하고 소인배적인 정치놀음에 찌들은 부정적 자산을 과감히 벗어 던지고 올바른 역사의식으로 무장한 진정한 국민의 공복을 기다리고 있는 것이다.

*2005. 9. 2.

국민의 아픔을 이토록 모르는가?

25일을 맞아 노 대통령은 5년 임기의 반환점을 맞이하여 마련된 '국민과의 대화' 라는 공영 공중파 방송토론에서 "현재 국정운영의 지지도가 29%인데, 이 29%를 갖고 국정을 계속 운영하는 것이 책임 정치의 뜻에 맞는 것인지, 내각제가 아니어서 재신임을 물을 수도 없고, 대통령직을 불쑥 내놓은 것이 맞는 것인지 확신이 없어 굉장히 고심하고 있다" 는 발언으로 현 국정의 난맥(亂脈)을 정치제도 탓으로 돌리는 어처구니 없는 고민을 쏟아 부었다.

이보다 더 국민들의 마음을 불편하게 한 기사도 접한다. 한 핵심 참모의 망언은 상식을 갖고 있는 국민들에게 정치권력의 잘못된 국정인식이 어떻게 해서 오고 있는지를 잠시 확인할 수 있는 사례가 되고 있다.

25일에 CBS 뉴스프로그램에 출연한 조기숙 홍보수석은 "대통령은 21세기에 가 계시고 국민들은 아직도 독재시대의 문화에 빠져 있다. 대통령이 자꾸 장기적인 혁신을 하려고 하는데 이게 국민들하고 의사소통이 잘 안 되고 있다"는 심각한 현실인식의 오류(誤謬)를 보여주었다.

또한 최근의 대통령 지지율 하락현상에 대해서도 "대통령이 힘이 빠지면 자기 지역적 기반에서 지지를 받을 수밖에 없는데 노 대통령은 지역 기반도 없고 이념적으로 굉장히 중도이고 실용적인 대통령이다 보니까 좌우로부터 협공을 받는다"라고 반론(反論)을 폈다.

최측근에서 보좌하는 참모가 일반 국민들의 아픔을 담은 정확한 현실의 문제점을 잘 전달하지 못하고 이처럼 공론화가 덜된 시국관(時國觀)을 잣대로 규정하고 있는 잘못된 국민들의 시대인식(時代認識) 그리고 대통령의 지역정치 청산노력에서 오는 좌절로 보고 있는 것에서 앞으로 남은 임기 동안에도 특별히 기대할 것이 없구나 하는 한탄의 소리를 듣게 되는 것이다.

국민들은 그동안 참여정부의 정치개혁 성과 중에서도 돈 안 드는 선거문화의 정착 등에서는 어느 정보의 성과를 인정하면서 긍정적인 평가도 내리지만, 그 외의 정치개혁을 위한 과거사 청산 및 연정주장 등 지금 대통령이 구상하는 정치개혁의 구체적 청사진이 뿌리를 내리지 못하고 있는 원인을 국민들과의 인식의 괴리(乖離)에서 찾는 대통령의 모습에서 답답한 마음을 금할 길이 없어 보인다.

필자는 대통령을 보좌하는 참모들에게 묻고 싶다. 무엇이 대통령이 갖고 있는 21세기 국가 비전의 정책적 성과이고 무엇이 국민들이 구시대에 도취되어 묶여 있는 독재시대의 문화인가?

 현(現) 정권은 또다시 관념적인 논쟁으로 꺼져가는 국민들의 절망을 희망으로 돌려놓지 못하고 아픈 가슴에 상처만 더하는 인식의 오류를 선보이고 있다. 집권 후반기의 정권차원의 새로운 청사진을 국민들의 마음에 각인시키는 첫 번째 단추부터 잘못 꿰고 있다는 생각을 지울 수가 없다.

 특히나 대통령은 "이 정부 들어서 경제 사정이 악화되었다"는 한 패널의 질문에 대해 "대통령 취임 무렵 가계부채, 카드채 연체율, 신용불량자 같은 수치가 극도로 악화돼 우리 경제가 견디려고 해도 견딜 수 없는 상태였다. 취임 당시 600이었던 종합주가지수가 지금 1,100수준이 됐다. 국제신용평가기관들은 한국에 대한 신용등급을 상향 조정하고 있다"는 말로 처절할 정도로 고통받고 있는 서민들의 마음을 더 아프게 했다.

 현 정부가 애타도록 개혁의 대상으로 삼고 흔들고 있는 대기업들의 소유지분이 지난 국민의 정부 기간 동안 IMF를 극복하는 과정에서 상당부분 외국의 자본가들에게 넘어간 상황에서 애써서 벌어들인 외화가 고스란히 외국 자본가의 손으로 흘러 들어가서 국민들의 실질 체감경기지수와는 거리가 멀게 굴러가는 대한민국 경제의 어두운 면(面)을 간과하고 있단 말인가?

 만약, 이러한 국민들의 고통에 대한 체감이 없다면 오늘부터라도 잠행을 실시하여 꺼져가는 서민경제의 고통을 듣고 느끼기 바란다.

 성장(成長)보다는 분배(分配)로 특혜로 모든 혜택을 독식해 온 기득권 층을 견제하고 서민들과 우리 사회의 비(非)주류가 더 혜택받

는 정책을 입안·추진하여 경제적 정의(正義)가 꽃피우는 사회를
이루겠다는 외침이 결과적으로 서민층 및 중산층에 가해지고 있는
경제난으로 공허하게 메아리치고 있는 현실을 직시하기 바란다.

이런 저런 규제로 외국의 자본이 다른 나라로 빠져 나가면서 점점
더 서민들의 일자리가 줄고 있는 현실을 모른단 말인가?

시장경제의 논리를 부정할 정도의 강성 노조활동이 오히려 서민
들의 일자리를 없애는 결과를 낳고 있는 현실을 모른단 말인가?

지금 국민들은 한국은행의 통계숫자를 귀담아 들을 정도로 인내
심을 갖고 정부의 정책에 기대를 거는 것도 포기한 것 같다.

몇몇 대기업의 성공담과는 대조적으로 부실경영과 자금난으로 밤
잠을 못 이루는 중소기업주들의 고뇌를 숫자로 덮을 수 있는 것인가?

각자가 살아가는 문제는 아무리 어려워도 각자가 능력으로 해결
해야지 대통령이 모든 것을 해결해 주는 해결사가 아니다는 한 참
모의 발언을 어떻게 받아들여야 하는가?

이러한 난국(亂國)을 분석하고 대처하는 제1야당인 한나라당의
무사안일(無事安逸)적이고 조그마한 개개의 의원직에 연연하는 구
태의연(舊態依然)한 정치의 답습이 그나마 국민들의 아픈 목소릴
전달해야만 하는 기능마저도 사장시키고 있다는 커다란 깨달음이
있어야 할 것이다.

한 나라의 정권을 담당하는 대통령과 집권당, 그리고 정부는 관념
적인 인식의 문제에 매달리는 과도한 과거사 청산이니, 연정(聯政)
이니 하는 정치적 놀음에서 하루빨리 탈피하여야 한다.

수십 년에 걸쳐서 객관적으로 조명하고 바로잡아야 할 역사해석의

문제를 집권 5년 동안 하겠다는 과도한 욕심을 접어야 한다. 하지 말라는 이야기가 아니라, 할 수 있는 합리적인 마지노선을 정하고 정권의 이익과는 별개로 공명정대(公明正大)하게 추진하라는 것이다.

국민들과 실사구시(實事求是)의 실용주의(實用主義)적인 관점에서 경제적 어려움에 대한 인식을 겸허하고 죄스러운 마음으로 공유하고 국론을 결집한 실질적인 대책을 마련하여 서민들이 살 수 있는 숨통을 트여주는 민생정치(民生政治)의 전개를 국민들이 기다리고 있는 것이다.

또 하나 지적하고자 하는 것은 대통령 스스로 가장 잘한 일로 한미동맹과 북핵문제를 들면서 "한미관계는 취임 때 명확하게 목표를 설정하고, 지도와 시간표를 그렸기 때문에 합리적인 관계, 균형 있는 관계로 차근차근 가고 있다. 북핵문제 해결과정에서 한국의 발언권을 찾았다"고 인식하고 있다.

국제적인 정보교류의 인맥을 통한 이야기를 들을 수 있고 객관적인 자료를 분석할 수 있는 필자와 같은 지식인에겐 전혀 공감할 수 없는 자화자찬(自畵自讚)이다. 만약, 이것이 사실이라면 현 정부의 홍보부족이요, 국민들이 모르고 있는 차원의 비선라인에서 진행되는 외교적 성과라는 말밖에 되질 않는다.

그러나 필자와 같은 학자가 진단하는 한반도 주변의 북핵을 정점으로 전개되고 있는 안보환경은 한 치 앞을 볼 수 없는 불확실한 국면으로 접어들고 있으며, 한미동맹의 기본적인 신뢰의 척도가 많이 소진되고 흔들리고 있다는 걱정을 잠재울 수가 없다.

안보문제의 딜레마(dilemma)는 김정일 정권의 독재성과 폐쇄성,

그리고 경직성의 본질과 일반 순수한 백성들을 분리해서 보지 못하고 묶어서 추진하고 있는 낙관적이고 일방적인 대북(對北) 정책에 있음을 알아야 한다. 궤도 수정에 대한 아무런 성찰과 분석도 없이 계속적으로 김정일 정권의 독재성과 체제단속을 강화하는 데에 쓰여지는 대북 지원을 아무런 검증장치 없이 계속하고 있는 것이다.

여기서 대다수의 일반 국민들이 걱정하는 시국 인식과 대통령이 다소 진보적으로 끌고 가는 안보정책의 분열상(分裂相)을 또 보고 있는 것이다.

북한의 인권문제에 대한 정부의 부적절한 처신은 민주주의 이념을 실천하는 젊은이들에게도 가치관의 혼란을 부채질하고 있는 형국이 되었다.

대통령 스스로가 국민의 종이라고 자임하고 있는 진실성의 판단 여부는 하루빨리 스스로 묶어놓은, 일반대중들의 통상적인 생각과는 다소 거리가 먼 관념적인 독선(獨善)과 아집의 벽에서 나와 민중들의 삶의 현장을 두루 돌아보고 대화하는 민생투어를 통한 살아 있는 민중들의 목소리를 듣는 것에서부터 시작될 것이다.

토론에서 한 패널의 연정을 고집하는 이유에 대한 대통령의 답은 "대통령은 신하이고 국민이 제왕인데, 제왕이 틀렸을 때는 틀렸다고 직언하는 것이 신하의 도리"라는 것이었다.

필자는 오히려 대한민국의 국민으로서 대통령에게 아무런 대가가 보장되지도 않는 직언(直言)을 간하는 노력을 계속하고 있다. 역사를 사랑하지 않고 우리 민족의 무한한 가능성을 믿지 않는 소인배(小人輩)들은 이와 같은 고통스런 집필을 통한 애국계몽운동을 할 수가 없을 것이다.

그러나 문제는 대한민국 구석구석 돌아다니는 국민들의 원성(怨聲)과 아픔을 전하고 있는 필자의 노력이 이 정부의 정책적 선택에 전혀 반영되고 있질 못하다는 안타까움이다.

특히나, 안보문제의 위험성을 지적하는 필자의 우려가 외교안보정책의 추진에서 국민의 여론(輿論)으로 반영되고 있질 못한 현실을 안타깝게 생각한다.

나라가 어려움에 처하면 더 겸허하게 허리를 낮추고 민초(民草)들의 목소리를 듣는 노력이 선행(先行)되어야 함에도 한 측근 참모는 "대통령은 21세기에 있는데 국민들이 독재시대에 있다"는 말로 권력자의 편협하고 부적절한 국정인식을 정당화하고 권력에 아첨하면서 국민들의 직접적인 목소리를 무시하는 반(反)역사적 행태를 보이고 있다.

이러한 인식오류를 지적하는 같은 진보진영의 민주노동당 논평이 필자의 가슴에 다가온다.

정국운영에서 잠재적인 우군(友軍)인 민주노동당도 한 인간, 개인이 아닌 대한민국호를 책임진 대통령에 대한 따끔한 충고를 하고 있는 현실에 귀를 기울이기 바란다.

"이번 국민과의 대화에는 국민도 대통령도 존재하고 있지 않고 한 정치인의 정치논리에 대한 선전만이 있었다"고 모처럼 뼈대 있는 논평이 있었음을 참고 바란다.

*2005. 8. 26.

민심(民心)과 점점 더 이반되는 현 정부의
독선과 무능

과거사 청산보다는 국가의 청사진 마련에 몰두해야

현 정부의 국민을 대하는 태도를 보니 주요 국정과제에 대한 실적 평가에서도 아전인수(我田引水)격의 말 잔치를 많이 하고 있단 생각이 든다.

동아일보는 현 정권의 전반기 성적표를 묻는 여론조사를 하였다. 국정운영부분에 대해서 국민의 68.2%는 '잘못하고 있다'는 평가를 하고 있다. 반대로 '잘하고 있다'는 평가는 25.0%에 머물고 있다. 정권이 임기 말로 다가갈수록 국민들의 현 정부에 대한 기대는 점점 더 줄어들고 있다. 대의민주주에서 다수결이 차지하는 여론정치의 중요성을 모르진 않을 것이다.

성숙한 민주사회로의 진입에 있어서 절대조건은 경제적 풍요로움이다. 현재 우리나라는 선진국의 문턱에서 약 10년 동안 중병을 앓고 있는 모습이다. '과거사 청산과 지역구도 타파를 위한 정치개혁의 문제'도 중요하지만 경제성장에 대한 동력(dynamics)을 만들지 못하는 지도력은 나라가 갖고 있는 비전과 건강성마저도 잃게 만들 것이다.

기존의 선진국은 물론 선진강국의 꿈을 실현하려는 많은 국가들이 미래에 대한 청사진을 만들고 국민들의 동의를 이끌어내는 과정을 거쳐서 구체적인 방법론 개발에 국가의 통치권을 적절히 활용하고 있을 때, 한때 신흥경제개도국으로 성장동력의 상징처럼 여겨졌던 한반도의 대한민국호는 과거사 청산과 남북문제에 과도할 정도의 국력을 소진하고 있다.

7월 29일부터 8월 1일까지 미국의 시카고에서 열린 세계미래회의에 참석한 국내인사들이 '우물 안의 개구리 식'의 국가경영을 걱정하는 목소리를 한 일간지가 진지하게 전하고 있다.

미국의 중앙정보국(CIA)은 2004년 말에 미래예측 보고서인 '2020리포트'를 발표했고 호주나 영국도 각각 2020, 2050년까지 각국의 미래를 전망하는 보고서를 내었다.

독일은 민간기업인 바스프가 2015년까지를 정밀하게 예측한 국가사업계획을 발표했으나 우리나라는 과학기술부가 2030까지 기술발전상을 예측한 보고서가 거의 유일한 정부차원의 미래 보고서라고 한다.

이 회의에 참석했던 한 인사가 거시적인 관점에서 사회상의 다양한 변화와 전략을 담은 보고서가 부재한 우리 정부의 무능을 지적하는 차원에서 "선진국은 정부가 직접 나서 미래를 예측하고 전략을 세우는 데 반해 한국은 과거에만 매달려 있는 것 같아 안타깝다”
라고 한 것을 정부가 깊이 새겨 들어야 한다.

통일 이후의 한국상을 총체적으로 담은 ‘미래국가전략보고서’
하나 변변히 내어놓고 있질 못한 우리 정부의 위상이 너무나 초라
하다.

국민이 미래의 변화와 발전에 대해 숙지하고 대비할 수 있는 바른
정보와 정확한 분석을 제공하는 정부의 기본적인 기능도 작동하고
있질 못한 것이다.

실정이 이러한데도 현 정부는 집권 후반기 역점 추진과제로 ‘정
치분야의 지역주의 해소를 위한 정치개혁 추진’ 으로 정하고 있다.
동아일보의 여론조사는 국민들이 가장 중점을 주어야 한다고 지적
한 것이 경제회생임에도 국민들이 가장 후순위로 꼽은 ‘지역구도
해소’ 를 현 정부는 우선과제로 인식하고 있는 것이다.

국민을 받들고 섬겨야 할 정부의 기본 인식이 이처럼 잘못된 방향
으로 가고 있음에도 고위전문 관료집단은 말 한 마디 못하고 권위
주의 시절의 잔재인 상명하복(上命下服)의 부정적인 관습을 실천하
고 있는 안타까운 모습이다.

참여정부의 전환점을 맞아 ‘참여정부의 정책은 눈앞 성과보다 미
래의 길을 열었다’ 고 보도한 국정브리핑 내용이 국민들의 체감국정
성적표와는 정반대란 생각을 지울 수가 없다.

대다수의 국민들은 경제상황 악화와 한미동맹의 균열을 가장 큰
실책으로 보고 있는 것이다.

현 정부는 우리나라의 안보와 경제의 기본 토대인 한미관계와

한일관계에서 공고화의 길과는 반대로 갈등과 불신의 씨앗을 키워 놓았다. 상대국의 결점과 부당함에 대한 정당한 지적과는 별개로 국익을 위한 관계의 공고화는 정부의 전략적 선택과 실천과제인 것이다.

아직도 현 정부는 대부분의 국민들이 동의하지 않고 있는 과거 사청산이란 구시대적 이슈를 정권 후반기의 주요 과제로 책정하고 있다.

국민들이 각종 여론조사나 적절한 여론전달 창구를 통하여 현 정부가 우선순위로 국정을 추진해야 하는 과제를 전달하고 있음에도 이를 무시하고 소수의 정파가 원하는 바 대로 국정을 끌고 가는 것은 독선(獨善)과 편견(偏見)의 늪이 매우 크다는 증거이다.

무엇보다도 애국지사들의 마음을 아프게 한 것은 현 정부가 과거 사청산이라는 무기를 지렛대로 자행하고 있는 대한민국의 정통성에 대한 의문제기이다.

지난 8.15 행사에서 정부가 보호해야 할 정통 애국 세력들의 집회는 무시되고 오히려 민족공조라는 명분으로 친북좌익들의 집회는 용인되는 현대판 좌우익 갈등의 아픔을 정부의 공정치 못한 태도가 부채질 하는 격이 되었다.

국가의 정체성이 훼손되고 기강이 무너지는 상황에서의 남북 화해무드나 남북 교류의 활성화는 국가의 건강성을 크게 훼손하는 아주 잘못된 정책방향이다. 지금은 미래의 대한민국을 정확하고 체계적으로 그려내는 미래지향적 국정철학을 실천하는 실용적이고 강한 정부를 이 시대가 요구하고 있는 것이다.

　국가가 나아가야 할 전체적인 지표를 마련하는 일에 더 많은 에너
지를 쏟아 붓고 있어야 할 현 정부는 지금도 과거사를 바로잡는다
는 명목으로 갈등과 불신의 판도라 상자를 열려는 잘못된 정책으로
소중한 경제적 재도약의 기회를 점점 더 축소하고 있다는 생각이
가슴 속에 강하게 걸려 있다.

*2005. 8. 23.

다극적 중층구조의 국제질서와 북한의 본질

경제와 정치 · 안보의 분야별 협력유형을 잘 보아야

중국은 미국이 국제사회에서 쌓아온 패권적 위상에 매우 불편한 심기를 보여주고 있다. 지난 18일부터 시작된 중러 양국의 합동군사훈련이 갖고 있는 의미는 미국이 국제사회에서 누리고 있는 일방주의(unilateralism)에 대한 견제의 의미를 담고 있는 것으로 보인다.

2003년도에 미국이 전세계 총생산의 40%를 점유하고, 군사비 지출의 50%를 단독으로 차지하고 있는 미국의 패권시대(hegemony era)에 살고 있는 것이다. 좀 더 구체적으로 환언하면 2003년도에 전세계 군사비 지출 총액 7,500억 달러의 절반이 넘는 3,800억 달러를 미국이 단독으로 지출할 정도로 국제정세의 축(axis)이 미국 중심으로 재편되고 있다.

경제적인 면에서는 미국과의 협력을 강화해서 고속 경제성장의 속도를 유지해야 하는 중국이 군사적인 면에서 미국의 일방주의에 대한 불안감을 이유로 러시아와 손잡고 미국을 견제하는 움직임의 이면에는 미국의 대외정책이 추구하는 보편적 민주주의의 확산(spread of universal democracy) 및 폭정의 종식(end of the tyranny)이 몰고 오고 있는 민주주의 여파가 중국의 공산당에게까지 미치고 있는 현실을 심각하게 받아들이고 있기 때문일 것이다.

비공식적으로 듣기로 지금 중국공산당의 당원의 숫자가 많이 줄어들고 있는 현실이 미국 주도의 민주주의 물결의 확산으로 인한 간접적인 영향으로 인식되고 있는 정도이다.

중국의 다자간·양자간 군사협력체제의 본격 가동이 반미(反美)의 물결로 인식되는 주된 이유 중의 하나가 미국의 대외정책의 영향으로 중앙아시아에 번지고 있는 시민봉기가 가져온 색깔혁명이 그 물결의 폭과 힘을 더해감에 따라 정권유지에 대한 불안감이 간접적으로 러시아 및 중국의 심장부에까지 전파되고 있다는 판단이다.

2002년도에 중국이 주도하여 창설한 다자군사협력 채널인 상하이협력기구(SCO)는 러시아, 우즈베키스탄, 카자흐스탄, 키리기스스탄, 타지키스탄을 회원국으로 하였고 지난 7월초에는 카자흐스탄에 모여서 우즈베키스탄, 카자흐스탄, 타지키스탄에 주둔 중인 미군의 철수까지 요구하는 단합된 목소리를 내고 있는 것이다.

미국의 패권 질서가 더 공고화됨에 따라서 중국과 러시아의 군사협력관계는 미일의 동맹체제 강화를 견제하는 주요한 지렛대로 자리잡고 있다. 한국이 당연히 포함되어야 할 한미일체제가 미일 중심으로 가는 것 같아서 걱정이 앞선다.

우리가 이러한 강대국들의 틈바구니 속에서 중국이 북한의 핵(核)은 용인하지 않으면서 독재체제인 김정일 정권의 존재를 지연시키는 이중전략을 쓰는 중요한 이유를 잘 알아야 한다. 미국의 영향권에 들어가는 북한체제의 급속한 붕괴는 기본적으로 막겠다는 속셈이다. 한반도를 둘러싼 미일 군사동맹과의 대결구도에서 북한을 전략적인 지렛대로 계속 묶어두겠다는 중국의 속내를 알 수가 있는 것이다.

이제는 국제무대의 외교의 장이 중층적·다극적으로 전개되는, 유연한 실용주의(flexible pragmatism)에 기반한 협력의 틀로 수시로 변화하고 있기에 냉전적 사고에 길들여진 경직된 개념으론 국가의 이익을 적절히 보호하고 확보할 수가 없을 것이다.

변화무쌍한 합종연횡(合從連橫)의 틀을 잘 소화하고 도전들을 극복해내기 위해선 우리 안보의 기본 토대인 한미동맹(韓美同盟)을 더 결속하여 기본적인 안보의 지렛대로 삼고 그 바탕 위에서 민족문제도 그리고 주변국과의 경제통합의 문제도 더 유기적이고 실용적으로 풀 수가 있다는 생각이다.

중러 간의 군사 및 경제협력의 가속화가 한반도 주변의 국제정세를 다극화(多極化)하는 촉진제(facilitator)로 작용하고 있지만 이 다극화가 대한민국으로 하여금 탈미(脫美)의 촉진제가 되어서 중립적인 목소리로 중국과 러시아와의 안정적인 협력구도 정착으로 가야 한다는 아무런 이유나 실익이 없기에 이렇게 귀결되긴 어려울 것이다.

우리는 미국의 패권적 질서를 견제하는 주변 강대국들의 연합을 실용적인 시각으로 분석하고 대비책을 세워야 하지만, 북한이 민족공조를 강화하는 전략적인 선택으로 주장하는 '외세배격 및 자주'를 통한 한반도문제 해결이라는 검증되지 않는 전술에 동화되어서 국익에 상충되는 안보정책을 채택하는 것은 매우 위험하고 어려운 것이라는 생각이다.

한반도문제의 핵심적인 전략도 바로 미국이 보는 시각과 중국이 보는 북한 정권의 본질에 대한 차이점을 어떻게 조율하느냐에 따라서 달라질 것이다.

미국은 이미 9.11 테러에서 자국민 3,025명의 목숨을 잃은 이후 대외정책의 핵심을 과거의 예방적인 테러 저지 개념에서 이제는 테러의 사전방지를 위한 적극적인 개입이라는 개념으로 대(對) 테러전 수행의 틀을 확고히 하였다.

2005년 5월 27일 미국의 해군사관학교 졸업식에 참석한 부시 대통령은 "우리는 국가가 아닌 정권을 공격할 수 있다"는 말로서 북한문제의 본질을 핵을 개발해서 테러단체에 팔을 수 있는 개연성이 높은, 투명성이 보장되고 있질 못한 북한 정권의 독재성에 두고 있는 것이다. 핵은 그 정권의 본질을 잘 보여주고 있는 북한의 아킬레스건이 된 것이다.

북한을 주권국가라고 인정해도 잘못된 정권의 본질에 대한 문제제기는 인권문제에 대한 접근에서 볼 수 있듯이 앞으로도 계속적으로 추진할 것이다.

9.11 테러가 나기 전인 1994년에는 핵무기의 비확산(non proliferation of nuclear weapons)이라는 기본 개념을 기초로 북한의 핵문제를

풀어갔지만, 현재 4차 6자회담이 열리고 있는 2005년도 시점에서 미국 정부의 기본 기조는 테러리즘을 발본색원(拔本塞源)한다는 차원에서 북한 정권의 핵포기를 요구하고 있는 것이다.

이럴 때일수록 우리 정부의 냉정한 국제정세 인식 및 대비책 마련이 절실히 요구된다.

북한의 부정적인 본질을 보고 있는 미국의 대외정책을 지지하는 차원에서 강화되고 있는 미일동맹에서 다소 이탈하여 자주국방을 이유로 한미동맹을 이완시키는 악수를 두는 것은 국가의 이익을 위하여 대단한 악수(惡手)를 두는 우를 범하게 되는 것이다.

북한의 선전·선동의 허장성세(虛張聲勢)를 잘 분석하고 대처하는 성숙된 우리 사회의 민주역량을 필요로 하고 있는 것이다.

*2005. 8. 22.

주한미군이 통일의 방해물인가?

진실성과 변혁의지가 결여된 민족구호는 통합의 방해물

한반도의 평화체제 정착과 관련된 구호들이 '8.15 남북 대 축전'을 전후로 봇물처럼 쏟아지고 있다. 분단의 한(恨)을 간직하고 있는 남과 북의 만남 자체를 폄하하고픈 이 땅의 지식인은 아무도 없을 것이다.

순수성과 진실성이 결여된 정치적인 의도를 갖고 일관성 있게 등장하고 있는 반미자주(反美自主)의 구호들이 만들어내고 있는 민족공조의 함정을 경계하는 것은 이 사회를 이끌고 있는 정부 당국자와 지식인들의 책임이기도 하다.

"국립묘지 참배는 참으로 좋은 일이다"라고 한 대통령의 남북 화해에 대한 의지는 충분히 이해할 만하다.

본질적인 문제는 전체적인 분위기를 화합과 통합으로 끌고 가는 통치자의 큰 포석을 문제 삼는 것이 아니라 북측이 전략·전술 차원의 일관성을 갖고 선거로 바뀌고 있는 특정 정권을 초월하여 계속적으로 전개하고 있는 남한체제를 약화시키려는 의도의 대남(對南) 전술에 있다고 보여진다.

우리나라의 대통령은 이러한 문제에 대한 심각한 인식과 더불어서 경계의 마음을 항상 지니고 있어야 한다는 것이다.

북측은 시종일관 '민족공조'를 강조하는 분위기로 '우리 민족끼리 및 미군 철수' 주장을 반복하는 불순한 정치적 책략(策略)을 실천하고 있어 보인다.

오늘 한 신문의 사설은 우리 사회가 마치 김정일 정권의 홍보마당으로 전락한 것 같은 느낌을 받을 정도로 소위 범청학련(조국통일범민족청년학생연합)의 남측본부 홈페이지에는 '위대한 김정일 장군님의 영도 따라…… 불퇴전의 용기를 가다듬고 있다'는 내용의 글까지 올라 있어도 우리 사법당국의 제지나 조사는 없다는 다소 우려되는 현실을 지적하고 있다.

친북(親北) 분위기가 자연스럽게 통용되는 모순을 낳고 있는 현실에 대한 걱정이나 우려를 우리 정부 어느 당국자도 목소리를 낼 정도로 깊이 있게 하고 있지 않는 것 같은 현실에서 걱정의 마음을 죽일 수가 없다.

바로 이러한 행사장의 요란함 뒤에 숨어져 있는 진실에 대한 목소리를 객관적이고 체계적으로 담아내야 하는 일부 언론들은 굳이 사안의 중대성에 맞게 편집하지 않고 구색 맞추기 수준의 짤막한 논평 및 보도가 전부인 것 같다. 이러한 측면에선 일부 방송매체들의 직무유기도 한몫 더하고 있다는 느낌이다.

전 김일성대 교수를 지내고 현재는 대외경제정책연구원에 재직 중인 조명철 씨는 북한을 누구보다 잘 알고 있는 인사로서 다음과 같이 질문을 던지고 있다.

그는 북측이 지금 외치고 있는 구호의 이면에 숨겨져 있는 진실성의 문제를 제기했고 남북 통합의 노력이 남북만의 문제가 아닌 소위 한반도에 깊이 관여하고 있는 미일중러 4강의 문제도 된다는 사실을 잘 지적하고 있다. 그리고 북한이 외치고 있는 '우리 민족끼리'의 대상에는 현재 북한에 대해서 비판적이거나 북 체제를 싫어하는 사람들이 배제된 독선(獨善)의 논리가 깊게 깔려 있다는 점이라고 지적하고 있다.

북한은 한반도가 위치한 주위의 조건이나 보편적인 통합의 조건은 도외시하고 국제사회에서 심각하게 고립된 현실을 타파하는 수단으로 많은 물자 및 현금지원을 얻어내고 있는 남한과의 위조된 '찰떡공조'를 통하여 앞으로 전개될 북핵 협상 및 한반도의 평화협정체제 확립에 적극 활용하려는 숨겨진 의도를 실천하고 있다는 사실을 지적하지 않을 수가 없는 것이다.

위장된 감동과 순수한 감명이 혼합된 남과 북의 만남 그 자체가 갖고 있는 역사성도 부정해서는 안 된다. 하지만 전세계의 흐름과 맥을 같이하고 있는 대한민국체제의 존립근간인 한미동맹을 와해시키고 경제성장의 견인차 역할을 해 온 자본가 및 재벌들의 부도덕성에 대한 반성 및 개혁을 넘어선 성장의 동력(dynamics)까지 꺼트리고 있는 평등과 분배를 선호하는 반(反)시대적 구호들은 반드시 제지되고 걸러져야 하는 것이다.

서울의 한복판에서 '남북 화합의 장(場)'이라는 미명하에 행해진 반(反)국가적인 행동에 대해서도 정부가 화해 분위기에 찬물을 끼얹는다는 우려로 방관 내지는 무시하는 행위는 통치권의 차원을 넘어선 국법 무시행위임에 틀림이 없다.

대한민국의 정체성(正體性)을 전면으로 부정하는 '조국통일 가로막는 주한미군 몰아내자'는 구호는 일부 반정부 시위의 규모와 파장을 넘어선 남북의 통합된 목소리로 둔갑하여 미국민들의 반한 감정(反韓感情)을 더 자극하는 악재로 작용하고 있다는 우려를 떨칠 수가 없다. 그렇지 않아도 어려운 우리 경제의 현실에 어려움만 가중시키는 가랑비가 되고 있는 것이다.

같은 민족이라는 감성적 구호와 잔치가 다 없어진 이후에도 남북 간의 체제와 철학의 차이는 하나도 좁혀짐이 없이 그대로 한반도의 상공에 걸려 있다.

서로가 인정하는 가치관의 부재와 생활방식의 차이가 몇 번의 만남과 흐느낌 그리고 훈련된 관리들의 정례적인 만남으로 극복된다는 순진한 발상은 국민들에게 하나도 득이 되질 않는다. 우리가 추구하는 자유민주주의와 북한이 받들고 있는 주체사상에 기반한 인민민주주의의 차이는 하늘과 땅만큼이나 깊고 넓다.

결국은 시대의 흐름을 담아내는 자유민주주의로의 통합을 위한 북한체제의 변혁과 개혁이 숙제일 터인데, 지금 김정일 정권의 위상과 속성상 감히 남북이 터놓고 이야기할 시점도 아니다.

남쪽은 환한 광명의 대낮에서 자유와 인권을 누리고 있지만 반대로 북쪽에서는 어두운 터널의 한복판에서 통제와 인권유린의 사각지대에서 한 발자국도 나아가고 있질 못하다.

그렇다면 인내심을 갖고 설득하고 기다리는 끈기와 포용의 정신을 갖고 북한의 잘못된 체제가 대 결단을 내리는 날을 기다리는 수밖에 없는 것이다.

현재 우리나라의 국가보안법이 현존하고 있는 이상 임기로서 권력을 위임받은 특정 정파의 남북 화해 및 민족 협력에 기댄 상황논리만 지나치게 존중하면서 법의 잣대를 무르게 하고 있는 경·검찰의 직무유기도 훗날의 역사가 냉정하게 심판을 할 것이다.

앞으로 남북문제는 구호나 일시적인 연출된 만남의 이벤트성 행사보다는 오히려 온 민족과 국민이 다 느끼고 참여하는 광범위한 실질적 진전이 필요한 시점이 되었다. 문제는 실질적 진전을 이루는 전제조건이 북한체제의 독재성과 폐쇄성을 개혁하는 곳에 있다는 냉정한 국민들의 깨달음이요, 정부 당국자들의 객관적이고 소신 있는 대북(對北) 인식일 것이다.

*2005. 8. 18.

국가 정체성 해치는 전체주의적 민족공조는 치워라

비굴할 정도의 대북 저자세는 대한민국의 자긍심을 해친다

어저께는 총리가 인공기의 소각을 염려하는 발언을 함으로써 도를 넘는 대북(對北) 공조의 인식을 보여주었고 오늘은 광복 60주년을 경축하기 위한 남북 축구대회에서의 대한민국 구호를 외치지 못하게 하는 결정을 공포한 소위 '자주평화통일을 위한 8.15 대축전 공동준비원회의' 결정이 필자의 마음을 무척이나 아프게 한다.

언론의 보도에 의하면 우리측 관중들은 태극기를 흔들지도, '대한민국'이라는 구호를 외치지도 못하게 한다고 하는 조치로서 시민들의 나라사랑의 행동까지도 막는다는 것이다. 무슨 근거로 헌법의 정신을 고양하는 행위까지 막고 있는지 묻지 않을 수가 없는 시점이다.

그들은 한 발 더 나아가 그동안 남북 공동 스포츠 행사에서 단일

기인 '한반도기'를 써 온 관례를 이유로 대한민국의 적통을 계승하고 있고 민주합헌 정부의 피를 계승하고 있는 대한민국, 서울 땅에서의 광복 60주년 행사를 민족화해라는 이름으로 고의적으로 그리고 편파적으로 재단하여 특수한 정치적 목적으로 훼손하고 축소하려는 의도를 당장 멈추어야 한다.

이 정도면 민족공조의 속도와 깊이가 대한민국의 정통성을 훼손하는 차원을 넘어선 단계에 이르고 있고, 근거도 없는 이유를 들어 전국민에게 의견을 구하는 적법한 절차도 생략한 상황에서 똑같이 장단이나 맞추라는 전체주의 국가 같은 분위기를 느끼게 되어서 상식적인 생각을 하고 있는 일반 국민들이 매우 불편하게 생각할 것을 모르고 있는지 다시 물을 일이다.

민족화해의 큰 그림을 향한 우리 정부의 노력을 폄하하고픈 마음이 있는 것은 아니다. 이러한 행사를 주최하는 준비위원회의 국민의 상식적인 윤리의식을 무시하는 경직된 자세가 문제이다. 우리 국민들은 앞으로 이에 대한 단호한 비판을 전개하는 운동을 통하여 다시는 대명천지(大明天地)에 이러한 전체주의적인 접근을 허용해선 안 될 것이다.

정부가 우려하는 바 대로 설사 경기장의 분위기가 고조되어서 북한의 인공기를 훼손하거나 우리 팀만 일방적으로 응원하는 대한민국의 자긍심을 지키는 행위가 연출되는 경우가 있을지라도 정부가 사전에 국민들의 수준과 시민의식을 무시하는 정도의 기준을 국민에게 제시하고 이를 따르라고 하는 전체주의적인 발상을 하는 것은 큰 문제가 아닐 수 없다.

이 땅의 국민들은 대한민국의 정체성을 신봉하고 김정일 정권의 독재(獨裁)를 반대하는 상식적인 애국활동을 옹호한다는 사실을 정부가 잊지 말길 바란다.

혹시나 광복 60주년 기념행사가 김정일 정권의 독재성을 합법적으로 용인할 수 있는 여지를 주고 민족화해(民族和解)라는 이름으로 대한민국의 정통성과 같은 반열에 놓고 다룰 수가 있는 위험성이 있어서 지적하는 것이다. 결코 가볍게 넘길 사안이 아니다.

필자가 이러한 주장을 하는 것은 우리 정부의 북한을 대하는 태도가 너무나 일반 국민들의 정서와는 동떨어진, 우리 사회 내의 일부 진보 및 친북(親北) 세력의 목소리를 지나치게 반영하는 방향으로 형평성을 잃은 악수를 계속 두고 있기 때문이다.

그렇게 선전·선동 차원의 이벤트를 몇 개 한다고 북한의 김정일 정권의 결점이 가려지고 훗날 역사적 평가가 정당하지 않게 나오는 것도 아니라는 것을 명심하기 바란다.

지금 우리 정부가 추진하고 있는 민족공조 프로그램들은 본질적으로 김정일 독재체제는 살찌우면서도 정작 많은 혜택을 받아야 하는 북한 주민들의 고통만 가중시키고 있는 실정이다.

절차적인 필요성을 이야기할지라도 지금 이런 식으로 김정일 정권의 근본적인 태도 변화가 없는 상태에서 계속적인 유화책(carrots)만이 능사는 아니기 때문이다.

고도로 훈련된 대남 인사 접촉 전담요원 및 정비된 관광 및 만남을 위한 공공장소의 이면의 어두운 터널 속에서 오늘도 하루 빨리 김정일 체제의 붕괴와 합리적 북한 정권의 등장을 고대하고 있는

95% 이상을 차지하는 북한 백성들의 염원을 잊지 말아야 한다.

북한의 당국에 의해서 엄격하게 선발되어서 사전에 사상적 검열을 거치고 교육을 받은 특권 계층의 주민들만 오게 될 '8.15 민족대축전'은 자칫 잘못하면 우리 국민들에게 몇 가지의 이벤트가 북한 체제 전체의 화해 분위기를 강화하고 북한 주민들의 대한민국 이해에 올바른 통로가 될 것이라는 착시현상(錯視現象)을 줄 수 있지만 사실은 그렇지 못한 현실을 우리가 보아야만 하는 것이다.

필자가 그동안 수십여 편의 글을 통하여 대북 정책의 전정한 목표, 햇볕정책의 종착역을 '북한 주민의 독재체제로부터의 해방 및 인간적인 권리를 누릴 수 있는 자유로운 정치체제의 복원, 그리고 시장경제의 도입으로 기본적인 경제적인 부(富)를 누릴 수 있는 체제변혁'에 두어야 한다고 강조하고 또 강조해 왔다. 목적은 옳지만 지금까지 시험해 온 정책의 방향성에 대한 근본적인 수정을 가할 시점이란 주장을 다시 한 번 해 보고 싶다.

상술(上述)한 목표로 가기 위한 어쩔 수 없는 중간단계라고 항변할지 모르지만, 근본적으로 잘못된 세력을 살찌우는 행위는 어떠한 이유로도 용납될 수가 없는 것이다.

그러나 불행하게도 지금 정부가 계획하고 있는 광복 60주년 기념 행사는 필자의 바람과는 너무나 거리가 먼 방향으로 가고 있는 전체주의적인 발상을 보면서 걱정을 지울 수가 없다.

더욱더 국민들의 분노를 자아내는 졸속 결정이 있다. 6만 5천 장의 입장권 중 4만 8천 장을 행사에 참여하는 주최측의 일방적인 선정으로 이루어진 정부 및 친여(親與) 시민단체들에 배포하고 나머지를 일반 축구팬들에게 준다는 방침은 국민들이 광복이라는 아픈 역사적 체험을 통한 장엄한 역사의식을 고취하고 그날의 의미를 되새기는 의도와는 너무나 동떨어진 '자기들끼리만'의 행사로 전락하고 있다는 인상을 지울 수가 없다.

지난 60년 동안 국제사회의 양심 세력 및 우리 국민들의 대부분은 북한체제의 본질을 보았다. 이런 저런 핑계로 남한으로부터도 돈과 물자만 챙기고 국민들의 염원을 이런 저런 이유로 기본적으로 무시하고 있는 북한의 김정일은 자기가 자식처럼 여긴다는 주민들의 고통엔 안중에도 없는 것처럼 보인다.

'독재자는 절대로 스스로 용단을 내리고 후퇴한 적이 없다'는 인류역사의 교훈이 새삼 이 삼복더위에 한반도의 상공에 매달려 있다.

일말의 희망을 걸고 기다리고 있는 필자에게 김정일도 예외가 아니라는 판단이 점점 더 굳어지기에 환상적인 민족공조로 북(北)체제의 선전·선동을 묵인하고 우리 체제의 정통성을 부정하는 우리 사회 내의 일부 세력들이 얼마나 잘못된 북한관(北韓觀)을 갖고 있는지 지적하지 않을 수가 없다.

독재체제 유지의 첨병으로 자리매김한 북핵에 대한 우리 정부의 미지근한 태도도 바로 이러한 우리 사회 일부의 우려할 만한 분위기에 편승해 있는 것 같아 안타깝기가 그지 없는 지경이다.

"6자회담에서 아직은 아무것도 타결된 것이 없다"는 다소 우려되는 시각을 보여주고 있는 미국 정부의 공식입장과는 달리 우리 정부의 반기문 장관은 여야 대표에 6자회담을 설명하는 자리에서 "이번 회담에서 6자회담의 형태도 바꾸고, 공동합의문에 꽤 근접하면서 의견을 모은 것도 많으나 북한의 핵 폐기와 평화적 핵 이용 범위와 관련해 이견이 있어 서로 진정국면이 필요하다. 휴회기간을 최대한 활용, 외교적 노력을 다해 29일부터 시작되는 주례 회담이 속개되면 타결 짓도록 노력하겠다”는 안이하고 원론적인 이야기만 되풀이 하고 있다.

언제부터인지 우리 사회는 진실(眞實)과 정의(正義)가 바로 머리 속에 명확하게 자리잡고 있어서 입을 통하여 이야기하려고 해도 자신의 보신(保身)을 위해서인지, 아니면 나라 사랑을 실천하는 확고한 철학의 부재에서인지 잘 모르지만 적당히 위기를 모면하고 진실을 비켜가는 아주 잘못된 관행이 자리잡았다.

북핵은 우리 정부가 북한의 눈치나 보면서 상투적으로 언급하는 것처럼 우리 정부의 미지근하고 미온적인 태도로 절대로 풀릴 사안이 아니다. 그것을 알면서도 잘못된 길을 가고 있는 정부의 책임자들은 역사 앞에 고개 숙이고 무엇이 문제였는지를 솔직하게 이야기할 시대가 올 것임을 알아야 한다.

이젠 미국도 북한의 의도를 너무나 잘 알고 그리 큰 비중을 두고 회담장을 기다리고 있지 않는 것 같다. 북핵의 가장 큰 당사자인 우리 정부가 아직도 외교적인 언사(言辭)로 협상의 근본적인 걸림돌이 무엇인지를 똑바로 공표하지 않는 것이 얼마나 큰 죄악인지 스스로 자문해 보길 바란다. 엄격한 상호주의(相互主義)의 잣대를 왜 지연시키면서 꺼져가는 불꽃만 쳐다보고 있는지 의아한 마음 감출 길이 없다.

절대로 바뀔 수 없는 김정일 체제의 본질을 잘 알고 있는 위정자라면 우리 국민들에게 어떠한 자세로 북한을 보고 우리가 얼마나 더 허리띠를 졸라매고 부국강병(富國强兵)을 이루어, 혹시나 있을지도 모르는 돌발사태에 대비하는 유비무환(有備無患)의 정신으로 국론(國論)을 모으고 단결해 있어야 하는지 설득하고 읍소를 할 것이다. 참으로 안타까운 우리 사회의 분열과 혼돈이 아닌가?

*2005. 8. 11

책 속에서 만난 김정일 위원장

국제사회가 왜 그를 비난하는지 국민들이 알아야

오늘 아침 한 조간신문의 사설을 보니 우리 정부의 국가인권위가 북한의 열악한 인권침해 사실에 대해서 애써서 침묵하는 이유가 무엇인지 국민을 대신해서 묻고 있다. 질문한 사항에 대해서 우리 정부는 답이 없고 북한의 열악한 독재상황에서 인간의 기본권을 문제 삼는 양심 세력들의 목소리만 들리고 있다.

대한민국 국민들의 세금으로 운영되는 국가기관은 대한민국의 헌법정신에 충실해야 하고 만약 이를 어기고 특정한 정파의 하수인으로 전락해서 국민의 세금을 축내고 있다면 그 기관을 존속해야 할 정당성은 없어 보인다. 인권의 보존 및 신장을 기본 정신으로 하고 있는 헌법을 다시 보길 권한다.

필자가 지금 굳이 이러한 이야기를 애써서 꺼내는 이유는 지금 국제사회의 북한전문가들이 북핵을 중심으로 알려지고 있는 전체주의 병영국가(garrison state)의 본질에 대한 저술 및 세미나 등이 진행중인 상황에서 우리 정부의 납득할 수 없는 태도가 변화하지 않게 되면 국제 외교무대에서 우리 정부의 외교적 입장이 축소될 것이라는 우려를 전달하고자 함이다.

'국가인원위원회법' 제1조는 설립목적을 '모든 개인의 기본적 인권 보호와 향상, 그리고 인간으로서의 존엄과 가치의 구현' 이라고 규정하고 있고 인권의 보편적 가치를 천명하고 있는 상황에서, 자칭 특수한 남북 관계를 걱정하여 북한 인권문제를 외면하면서 헌법정신을 훼손하고 직무유기를 하고 있는 것은 아닌지 유무를 이번 가을의 정기국회 관련상임위 국정감사에서 철저히 조사되고 추궁되어야 한다.

만약 납득할 만한 사유가 없이 헌법정신에 부합하지 않는 정책 노선으로 유한한 특정 정파의 노선만 엄호한다면 동 기관에 대한 내년도 예산을 배정하지 말고 헌법정신에 위배되는 국가예산 불허의 원칙을 존중하여 해체하는 절차를 밟아야 한다. 그리고 인권위 본래의 기능에 합당한 조직으로 다시 만들어져야 한다. 제1야당인 한나라당의 역할을 기대해 본다.

지금 국가인권위원회는 알고 있는 사항이라도 더 긴장하는 자세로 국제적으로 유명한 북한문제 전문가인, 홍콩에서 발행되는 '사우스 모닝 포스트(The South Morning Post)' 의 전 중국 북경 지국장인 재스퍼 베커(Jasper Becker) 씨가 발행한 책 내용 중 김정일 정권 본질을 분석한 현실에 귀기울기를 바란다.

인터네셔널 헤럴드 트리뷴지(IHT)는 8일자 지면에 책 소개를 통해서 이 책의 중요성을 다루고 있다.

베커 씨는 그의 저서 '불량정권: 김정일, 그리고 북한의 불거지고 있는 위협(Rogue Regime: Kim Jong Il and the Looming Threat of North Korea)' 란 제목의 책 속에 북한의 적나라한 인권탄압 실상과 시대정신(時代精神)을 정면으로 거스르며 특권적 왕조체제 유지에 혈안중인 김정일을 잘 묘사하고 있다.

저자는 이 책의 함축적 메시지로서 김정일 위원장은 사실 북한이 현재 겪고 있는 지옥 같은 일반 백성들의 참상을 충분히 치유하고 바꿀 수 있는 정책 도입의 기회가 있었는데도 이를 수용치 않은 점(Kim Jong Il has resisted adopting every policy that could have brought the misery to a quick end.)을 밝히고 있다.

베커 씨의 책 속에서 만난 김정일 위원장은 필자의 꿈 속에서 만난 환상 속의 다소 근사한 모습과는 정반대의 일그러지고 탐욕에 찌들은 독재자의 이미지이다.

그가 보는 북한관(北韓觀) 및 김정일관은 '독재자가 절대권력을 얻고 국가를 외부 세계와 단절시킬 때 어떤 일이 벌어지는지를 보여주는 정치이론의 사례' 로서 대비시키고 있다.

'북한의 독재자 김정일은 온갖 사치와 방탕으로 유럽 간부들의 취향을 흉내내는 동안 주민들은 수백만 명이 굶어 죽는 20세기 최악의 재앙이 일어났다' 는 묘사로 비인간적인 행태를 고발하고 있다.

그야말로 이조 시대의 탐관오리(貪官汚吏)들의 학정으로 피골이 상접한 백성들이 연상되는 민본정치(民本政治)의 상실을 이야기하는 것이고, 더 나아가 후삼국시대 말년의 타락한 폭군 궁예와 같이 포악한 성정을 갖춘 독재자의 모습이 어떻게 비추어지고 있는지를 보여주는 사례인 것이다.

그는 이러한 병영국가 북한을 강제수용소를 잔인하게 운영하고 있는 '노예국가' 로 규정하고 국제사회가 핵문제만이 아니라 북한 주민들의 인권에 눈을 돌려서 체제변혁에 대한 동기유발 및 압력행사를 주문하고 있다.

우리 정부의 대북 정책에 대해서도 다소 비판적인 견해를 담고 있는 구절이 있다. 그가 이야기하는 것은 '북한 난민들의 도피를 막으면서 수억 달러의 돈을 북한에 준 점을 지적하고 있고 김정일 정권의 붕괴는 반드시 대혼란을 야기하는 것이 아니라, 오히려 이 나라들의 국경에 더 안정을 가져올 것임을 미국이 한국과 중국을 상대로 설득해야 한다' 는 주장까지 담고 있다.

한반도 밖에서 비교적 객관적인 시각으로 한반도문제의 수수께끼를 진단하고 있는 것과는 매우 대조적으로 우리 정부는 민족공조의 노선을 더 강화하면서 인권위의 직무유기도 방치하는 지경에 까지 온 것이다.

광복 60주년 행사를 준비중인 우리 국민들의 마음은 답답하고 애절하기 그지없는 지경이다.

국무총리가 행한 '자주평화통일을 위한 8.15 민족대축전' 에 북한의 대표단이 200명이나 참석한 가운데서 인공기가 소각되는 행위에는 엄정 대처하라는 지시가 이 땅의 자칭 남북 화해 세력과 애국 세력 간의 보이지 않는 갈등의 골을 더 깊게 파는 계기가 되는 것 같아서 안타까운 마음이다.

베커 씨의 객관적 분석을 알고 있는 위정자라면 무엇이 정의이고 역사의 대세인지 충분히 인지하고 있을 것이다.

베커 씨는 전 세계적 차원에서 북한의 정치범 수용소에 대한 대책 마련을 UN을 통해서 마련해야 한다고 촉구하고 있고, 미국은 북한 정권의 테러집단 지원 및 기타 범법행위를 더 철저하게 단속하는 정책을 펴야 한다는 주장을 펴고 있을 뿐만 아니라, 우리 정부의 탈북자 수용에 대한 더 적극적인 대처를 요구하고 있다.

책 속에서 만난 김정일 위원장의 이미지는 '노예국가(slavery state)의 수장' 이상도 이하도 아니다. 우리 정부는 이러한 국제사회의 시각에 관심을 갖고 지금도 고통받고 있는 북한 주민의 얼굴을 생각하며 대북 정책을 엄격한 상호주의(reciprocity)가 적용되는 방향으로 전환하길 바란다.

*2005. 8. 9.

북미(北美) 간의 불신보다 한미(韓美) 간의 신뢰가 문제

단호한 대북 핵 원칙을 세우고 어중간한 중재자 역할을 버릴 시점

언뜻 보기에 회담전략의 노선으로 북미(北美) 간의 중재자 역할을 자임한 우리 정부가 북한이나 미국으로부터 다 호감을 받을 수 있는 것처럼 선전을 해 왔으나 제4차 6자회담이 휴회가 된 이 시점에서 결론적으로 문제 해결을 앞당기는 촉진제(facilitator) 역할에서 아주 미미했음이 증명되고 있다. 우리 정부의 애타는 심정에 대한 미국과 북한의 동조나 이해가 매우 적었다는 결론이다.

북핵(北核) 불용에 대한 분명한 원칙의 천명을 넘어선 우방과의 공조로 북한의 기만술을 사전에 차단하는 압박정책까지 가겠다는 분명하고 단호한 메시지의 부족이 북한 정부로 하여금 미국의 단호한 북핵 불용의지를 희석시키는 여지를 준 것이 확실하다.

줄 것은 다 주면서도 제대로 된 양보 하나 얻어내지 못하는 현정

부는 무엇이 두려워서 북한의 눈치를 과도하게 보고 있는 것인가?

자기들 뜻대로 따르지 않으면 남한을 불바다로 만들겠다는 그들의 어처구니없는 협박이 두려워서인가?

인류의 역사를 보아도 전쟁은 힘에 기반한 단호한 전쟁 불용의지 및 준비태세가 예방하고 제압하는 것이지 거짓 공갈이나 협박에 굴복해서 사태를 바꾼 것이 아님을 모른단 말인가?

외교적으로 북핵 마지막 타결의 기회가 북한 측의 억측이나 과도한 주장으로 파국으로 치달으면 그 가장 큰 피해는 바로 우리 대한민국 국민들이란 사실을 잊었단 말인가?

미국과의 공조로 마련된 외교적 지렛대가 북핵 해결의 유일한 방법이라는 인식을 하고 있질 못한 위정자들이 담당부서의 책임자로 있다면 이는 정말로 큰일이 아닌가? 같은 민족이라는 감상적인 명분과 국제정치의 주요 안보현안(懸案)을 해결하는 것은 전혀 별개의 것이란 구분도 제대로 못하는 정부의 책임자들이란 말인가?

우리 정부의 이러한 아주 미지근한 태도는 이번 회담과정을 통해서도 여지없이 밝혀졌다. 회담장에서 북한 측이 제안한 '핵의 평화적 이용'에 대한 주장에 대한 우리 정부의 공식 입장은 그동안 그렇게 속아온 전례가 있음에도 불구하고 '창의적 모호성'이란 개념을 동원하여 적당히 넘어갈 것을 권고했다가 북한과 미국 양쪽으로부터 모두 거부당했다는 한 언론의 지적을 유심히 볼 필요가 있다.

정부는 정동영 통일부장관의 북한 방문 시 독대한 김정일 위원장과의 담판을 매우 긍정적인 북핵 해결의 신호탄으로 대대적으로 보도하면서 북한이 우리 정부의 엄청난 물량공세에 감사하게 생각하는 듯한 '국민 홍보전'을 전개하였지만, 지금 6자회담 4차협상의 전반부가 끝난 시점에 북한이 우리 정부의 200만kw 송전제의에 대해 보인 반응은 기가 막힐 정도로 너무도 당연하다는 식의 이기주의적인 반응일 뿐이다.

회담장에서 흘러나오는 이야기를 종합해 보면 북한은 우리 측이 국민들의 막중한 세부담을 전제로 제한한 대북 송전제의를 심각한 우리 측의 호의로 받아들이지 않고 오히려 이 정도는 핵동결의 대가로 치부하고 핵폐기의 대가로는 경수로의 완공을 요구하고 있다는 전언이다.

우리 정부가 대북(對北) 핵(核)외교를 얼마나 안이하게 전개하고 있는지 보여주고 있는 단적인 예이다. 이쯤이면 지금 대북(對北) 핵외교 및 대미(對美) 핵문제 협상을 총괄하고 있는 외교부장관 및 통일부장관을 전격 교체하여 회담을 새롭게 끌고 가려는 정부의 강력한 의지를 천명할 시점이 된 것이다.

이 정도로 북한에 대한 호의적인 인물 및 친북(親北)적인 태도로서 북한 측의 입장을 점검했으면 이제는 새로운 전략을 마련하고 우방과의 공조를 강화하는 전략으로 전환할 시점이 된 것이다.

이제 우리 정부는 북한을 제외한 5개국이 합의한 북핵 폐기의 범위를 '핵관련 프로그램으로 규정'한 선에서 북한이 주장하고 있는 '핵무기 관련 프로그램'으로 바뀌지 못하도록 얼굴을 붉히더라도 북한을 설득하고 압박하는 양면전술(兩面戰術)을 구사할 시점이 된 것이다.

이 양면전술이 성공하는 기본 조건은 우리의 전통적인 우방인 미국과의 완전한 신뢰감에 기반한 정책공조의 범위와 강도를 확대하고 심화하는 것이다.

필자가 보기엔, 만에 하나 미국을 비롯한 다른 회담 참가국들이 북한의 이러한 주장에 동의하는 실수를 한다면 북한은 과거에 '북미 제네바합의'의 틀을 깨면서 그들이 버젓이 국제사회를 기만하였던 사실과 우리 정부와의 '한반도 비핵화 선언'의 약속을 헌 신짝처럼 포기하였듯이 '평화적 핵활동'이란 명목으로 원자로를 계속적으로 가동하는 활동을 통하여 언제든지 핵개발이라는 강공(强攻)으로 전환할 여지가 농후하다는 것을 우리 정부가 분명히 인식하고 이를 용납치 않겠다는 분명한 원칙을 마련할 때가 된 것이다.

북한은, 필자가 수십여 차례 과거의 칼럼을 통해서 우려했듯이, 한반도 비핵화의 의미를 자기들의 기준으로 끌어올려 우리 정부가 원하는 모든 바람을 고의적으로 무시하고 있는 상황이다.

우리 측의 대북(對北) 호의가 계속적인 무시와 무반응으로 오고 있는 상황인데도 국민적인 자존심마저 희생하면서 더 이상 북의 요구를 들어줄 명분과 시간적 여유도 다 소진된 것이다.

미국과 한국도 같이 핵무기와 관련된 일체의 모든 반입, 배치, 사용 등의 활동을 허용해선 안 된다는 북한이 주장하는 비핵화의 의미가 우리 정부의 설익은 협상자세로 절대로 용인해서는 안 된다.

우리 정부의 어설픈 '중재자 역할'의 자임으로 두 마리의 토끼를 잡으려는 순진한 생각이 정반대로 두 마리의 토끼를 다 잃어 버리는 악수를 둘 수 있는 개연성이 매우 높아진 점도 우리가 잘 알아야 한다.

북한의 의도와 전략이 이처럼 분명히 드러난 이상 우리 정부는 한미공조의 틈새를 좁히는 전략으로 빨리 전환하여 그동안에 중재자 운운하면서 쌓인 한미(韓美) 간의 불신감을 해소하는 작업에 휴회 기간을 보내는 것이 한반도의 안보 불안감을 줄이고 북한의 핵포기 의사를 당기는 주요 정책적 지렛대가 될 것이다.

이제는 김정일 정권의 본질을 바꾸려는 설익은 우리 정부의 단독 접근이 얼마나 무의미한지 깨달을 때도 된 것이다.

그렇지 않아도 대남(對南) 선전활동에 모든 총력을 경주하고 있는 북한은 남한 내의 친북(親北) 세력들에게 미국을 핵타결의 가장 큰 걸림돌로 규정하는 선전활동에 주력할 것이다. '평화적 핵활동도 못하게 하는 미국' 이란 구호로 그렇지 않아도 혼란스러운 우리 국민들에게 미국이 한반도 평화 파괴의 주범이라는 적반하장(賊反荷杖)의 논리를 펼칠 것이다.

이럴 때일수록 우리 정부는 오는 29일 6자회담이 재개될 때까지 우리 국민들에게 왜 국제사회가 북한의 핵을 문제 삼는지에 대한 정확한 정보와 분석을 전달해야 한다.

그래야만 국민들의 지지를 받는 한미공조의 굳건한 복원을 전제로 한 대북(對北) 핵포기 정책이 효력을 발휘할 것이다.

북한이 국제사회와 우리 정부를 상대로 한반도의 비핵화에 합의했지만 지키지 않고 있는 주된 이유가 어디에 있는지 우리 국민들이 좀 더 정확하게 알아야 할 의무가 있다.

'핵확산금지조약(NPT)' 을 깨고 나간 배경과 이유, 남북이 1992년도 합의한 '남북 비핵화 공동선언' 을 무시하고 계속 핵을 개발해 온 절박한 이유, 그리고 1994년의 북미 제네바 합의가 북한의 고집과 핵개발로 파탄에 이른 정확한 이유를 국민들이 알아야겠다.

더군다나 앞으로 지연술로 이 6자회담을 지리하게 끌고 갈 의사가 분명한 북한에 대한 우리 정부의 더 냉정한 대북(對北)인식을 촉구하고 한미공조의 틀을 복원하는 외교적 노력이 관련인사들의 인적 쇄신을 통해서 이루어질 수 있는 점도 우리 국민들이 잘 알아야 할 시점인 것이다.

*2005. 8. 8.

꿈 속에서 만난 김정일 위원장

한민족의 장래와 자신의 일가(一家)를 위해 북핵 포기의 결단을 내려야

결국 중국에서 진행해 온 제4차 6자회담은 필자가 수십여 차례 칼럼을 통하여 지적한 대로 더 이상의 양보를 불허하는 미국의 명확한 입장 천명과 시간 끌기 전략의 기만술을 재현하고 있는 북한에 의해서 휴회라는 지점까지 왔다.

우리 언론들이 생각하고 보도한 북한의 긍정적인 변화에 대한 일말의 소망은 또다시 물거품이 되어서 국민들의 불안한 안보의식을 흔들고 있는 것이다.

요즈음 집필 시간의 대부분을 북핵에 대한 분석에 집중하고 있는 필자에게 우연인지는 모르지만 8월 6일 새벽에 김정일 위원장이 나의 꿈 속으로 찾아와 필자와 많은 시간 대화를 나누었다.

우연인지 필연인지는 훗날 사후의 세계를 통한 만남으로 돌리고,

일단 꿈 속에서 만난 김 위원장은 매우 소탈하고 젊어 보이는 사회주의 냄새가 전혀 풍기지 않는 분위기의 자유분방한 독재자라는 인상을 주었다.

그동안 필자가 그에게 칼럼을 통하여 위대한 한민족의 시대를 열어가는 데에 방해물이 되어서는 안 될, 시대의 흐름을 거스르는 독재체제의 유지에 대한 강한 집착을 버릴 것을 권고해 왔다.

21세기에 전개되고 있는 보편적인 인간이 추구하는 자유와 부(富)가 보장되고 진정으로 백성이 주인이 되는 민주(民主)사회를 위한 대 결단을 촉구하는 필자의 염원이, 관념적인 그와의 만남으로 연결된 것처럼 느껴진다.

자세한 기억은 없지만 필자의 이러한 주장에 대해 김 위원장은 나름대로 한민족의 장래를 위해 많은 고민을 하고 있으며 진정한 통일의 시대를 여는데 짐이 아닌 촉진자(facilitator)가 될 수 있는 것을 고민중이란 이야길 한 것으로 어렴풋이 기억이 된다.

그러한 꿈을 꾼 지 이틀이 지난 지금 이 순간, 외신은 북한이 6자회담의 수정안을 끝까지 받아들일 수 없다는 입장을 고수하여 공식적인 휴회를 선언하고 8월 29일경에 재개를 할 것이란 보도를 내보내고 있다.

사회주의 이념이 아무리 백성들의 삶의 평등(平等)을 보장하고 자본주의의 병폐를 치유하는 명약이 될지라도, 이제 세계사의 물결은 이 평등에 기반한 정치 이데올로기에 이미 종지부를 찍었다. 그 이념 자체는 수정자본주의 발달의 사례에서처럼 자본주의의 결점을 보완해 가는 주요한 이론으로 쓰일 것이지만 공산주의라는 이름의 정치제도는 누구 말대로 구시대의 유물들과 함께 박물관에 가 있는 상황인 것이다.

김정일 위원장은 누구보다도 이러한 역사의 흐름을 잘 알고 있지만 지난 50년간 조선시대의 왕조체제보다도 더 강하고 종교적인 신격화를 통해서 누려온 특권을 감히 버린다는 상상도 못할 형편인 것이다.

그렇다고 이 구닥다리 같은 유물을 계속 껴안고 가자니 수백만의 백성들이 굶어 죽는 지경까지 온, 다 거덜난 경제체제가 더 이상의 희망을 줄 수도 없는 상황이다. 가혹할 정도의 통제와 압박이 없이 주민들을 통제하는 것이 불가능한 김정일 위원장을 정점으로 한 특권층이 체제 유지의 칼을 키우다 보니 정치범 수용소의 숫자도 늘어나고 반체제 세력의 반항을 단속하는 방법과 수단도 잔인하고 짐승 같은 모습으로 그려지고 있는 것이 오늘날 김정일 왕조의 모습인 것이다.

필자가 예견한 대로 6자회담에서 김정일 정권은 우리 정부가 순진한 것인진 잘 모르지만, 회담 복귀 시의 매우 낙관적으로 진단하는 것과는 정반대의 길을 갈 것이란 인상을 지울 수가 없는 상황이다. 이미 4차 회담 전반부에서도 그 전주곡(前奏曲)을 울렸고, 앞으로 아무리 많은 회담이 열려도 이런 저런 핑계로 극적인 타결을 지연시키는 전략으로 미국의 강경해진 태도를 더욱더 강경하게 만드는 최악의 수를 둘 것이 앞서서 걱정된다.

'북핵 사찰을 엄격하게 적용받는 조건에서 북한의 평화적 핵사용을 고려해 볼 수 있다'는 미국 정부의 양보까지 받아들이지 않는 북

한은 그들이 과거에 핵사용 관련 저지른 전과를 통해서 판단해 보
아도 더 이상 미국 정부의 양해를 얻어낼 것 같진 않다.

꿈 속에서 만난 김정일 위원장이 필자에게 구체적인 언급은 하지
않은 채 좋은 말만 하고 꿈이 깨었지만, 지금 필자가 판단해 보니 아
마도 우리나라와 미국의 대선이 예정되어 있는 2007년, 2008년까지
만 잘 버티는 전략으로 북핵 회담을 지연시킨다면, 한반도 주변의
불확실한 정정을 이용하여 파키스탄식의 핵 보유국의 지위를 공식
적으로 선언할 수 있는 지점까지 안전하게 핵개발에 충분한 시간을
확보하고 협상에 대한 수위를 조정한다는 취지의 가장 위험한 게임
을 하고 있다는 생각이다.

필자는 꿈 속에서 다 전달하지 못한 한두 가지를 이렇게 지면을
통해서 김정일 위원장에게 이야기하고자 한다.

만에 하나 김 위원장이 그러한 계산으로 '시간 벌기 작전'을 계속
진행한다면, 정말로 북한 정권의 운명은 물론 순진한 북한 백성들
의 가중되고 있는 고통과 더 나아가 한민족 전체의 큰 불행을 잉태
하는 불씨를 만들게 될 것이란 것이다.

이제는 미국 정부도 정권의 향방이 바뀌어 공화당이 계속 집권하
든 민주당으로 넘어가든 북핵에 대한 단호한 행동을 피할 수 없는
코너로 들어가고 있는 느낌이다. 김정일 위원장은 이 사실을 명심
하고 국제정치의 냉혹한 현실에 더 무게를 둔 정책결정을 마지막으
로 주문하고자 한다.

스위스에서 발행된 불어 일간지 '리 베르테'가 5일자로 보도한
북한관련 보도에서 '미국의 중앙정보국이 추산한 북한 고위층이 축

적한 재산은 40억 달러이며 그 일부를 스위스은행이 관리하고 있다' 는 추정을 곁들이고 있다. '북한의 최고 지도자가 미식가로서 주민들이 굶주림으로 신음하는데도 아랑곳하지 않고 일본과 이탈리아 주방장의 요리를 즐기고 있을 뿐만 아니라 이탈리아 명품 구두와 국제적으로 유명한 재단사의 양복을 사들이고 있다고 보도하고 있다고 한 인사의 인터넷 기사가 적고 있다.

북에 이산가족이 있는 남쪽의 친지들과 세계의 양심 세력들이 이러한 기사를 접한다면 증오와 분노의 감정만 커져서 북한의 제재를 외치는 세력들에게 누가 김정일 정권에게 가해질 양보와 관용의 정책을 주문한단 말인가?

필자가 꿈 속에서 주문한 대로 이러한 기사가 김 위원장의 본질을 잘 이야기하고 있다고 믿고 있는 인류의 양심 세력들에게 정권을 포기하는 한이 있어도 '노동자가 천국이라고 이야기하는 공산주의의 낡은 이념' 이라도 실천하는 이 시대의 멋있는 독재자가 되길 바란다.

마지막 방법 및 기회가 바로 핵포기로 북한을 개혁 · 개방으로 유도하여 정권을 걸고 거덜이 난 경제체제를 자본주의 방식의 도입으로 재건하여 남북이 통일될 수 있는 인프라의 마련을 위한 정책을 통해 억압과 통제의 체제를 거두길 바란다.

이젠 우리 정부도 김정일 위원장에게, 필자가 꿈 속에서 한 이야기처럼, 설득과 단호한 경고를 동시에 수반한 분명한 원칙(原則)을 제시해야 한다.

수십여 차례 칼럼을 통해 우리 정부의 분명한 소신과 단호한 입장을 천명한 '북핵 독트린'을 주문했지만, 필자와 같은 걱정을 하고 있는 전문가들의 애국충정(愛國忠情)어린 고언(苦言)들을 철저히 무시하고 안이하고 무원칙의 협상 노선만 고수해 온 현 정부의 책임자들의 책임도 막중하다.

이러한 어려운 시기의 함정과 질곡들을 잘 인식하지 못하고 북핵 저지의 마지막 기회를 이렇게 미지근한 당근만 내놓으면서 끌려 다니는 무기력한 모습으로 놓치게 되면, 그 엄청난 결과는 이 정부의 잘못을 넘어선 전 국민적인 재앙으로 다가올 것이기 때문이다.

그러나 지금 이 순간도 안타깝게도 초 시계의 바늘이 움직이는 소리는 들리는데도, 우리 측의 협상대표로 참석한 인사는 "의견 접근을 볼 수 있는 기회를 많이 확보했으며 지금 6개국이 노력하는 것은 한반도 비핵화와 북핵문제 해결을 위한 정치적 선언을 담는 것이기 때문에 그런 기초를 담는 작업을 충분히 했다"는 자족의 변을 남발하고 있다. 무슨 의미의 한반도 비핵화인지 명확하게 인지하고 있는지 묻고 싶으며, 우리 정부의 보조적인 역할이 고작 돈이나 퍼주는 방법밖에 없었는지 반성하고 필자와 같은 전문가들의 의견에 귀를 기울이기 바란다.

지금 이 순간(일요일 오후 2시 35분) 미국의 크리스토퍼 힐 대표는 CNN 인터뷰를 통하여 휴회기간을 잘 활용하여 북한의 핵포기 결단을 기원하는 멘트를 날리고 있다.

필자는 다시 언젠가 김정일 위원장이 필자의 꿈 속에 나타나서 작게는 북한의 고통받는 주민들을 위해, 그리고 한민족의 미래를 위해, 더 크게는 세계평화를 위해 핵(核)을 깨끗하게 포기하고 그 반대급부로 국제사회로부터 최대한 경제적 협력을 얻어내어 북한을 중국식의 개혁·개방 노선으로 이끌고 갈 것이란 이야길 해 주길 바란다.

지금처럼 남북 교류와 협력을 가장한 시범적이고 전략적인 경제개방은 큰 의미가 없기 때문이다.

이 선택은 정권의 운명을 건 선택이지만, 그 역사적 의미가 한반도의 앞날에 너무나 크고, 후대의 평가가 인색하지 않을 것이기에 김정일 위원장에게도 손해 보는 선택은 아닐 것이다.

아무리 생각해 보아도, 북핵을 빌미로 국제사회 열강들의 한반도에서 자국의 영향력을 확대하려는 통제불능의 사태가 가시화되어 우리의 조정과 영향력의 틀을 벗어난 한반도 주변의 사태가 급속히 악화되면 김정일 일가가 뒤늦게 후회하며 망명을 선택하거나 체제가 전복되는 최악의 상황전개보다는 가장 합리적인 선택이란 생각이 들기 때문이다.

*2005. 8. 7.

누굴 위한 북한(北韓)체제 보장인가?

북한의 선전 · 선동에 대한 정확한 분석 기사가 없는 한국 언론의 현실

정권을 담당하고 있는 집권당이나 이를 제대로 견제해야 할 야권, 그리고 지식인을 중심으로 한 시민사회의 관심과 논쟁이 우리 사회의 문제점만 나열할 뿐 제대로 된 처방을 내지 못하는 현실이다. 우리 사회는 혼돈과 폭염(暴炎)의 한여름에 깊숙하게 묻혀 나라의 위기에 대한 국론(國論)의 결집도 등한시하고 있다.

이렇게 뜨거운 한여름의 오후에도 북경에서 열리고 있는 11일째의 6자회담이 북한의 문제제기 및 지연전략으로 합의점에 도달하고 있질 못하다는 뉴스가 계속 CNN을 통해서 흘러나오고 있는 순간이다.

국내의 정치에 대한 건전한 국민의 관심을 황폐화시킬 안기부 도청 테이프의 공개여부를 놓고 국내의 정파들이 논쟁과 당쟁을 벌이

고 집권당의 핵심 브레인은 지역주의(地域主義)가 우리의 정치와 나라의 장래를 가로막고 있는 가장 큰 걸림돌이라는 주장으로 현 정부의 실정을 엄호하고 있는 와중에서 한반도에서 북핵을 중심으로 펼쳐지고 있는 안보위기는 점점 더 오리무중(五里霧中)의 숲으로 스며들고 있다.

엄연히 헌법에 보장된 국가의 운영을 정의하고 보장하는 정신이 있는데도 청와대의 태도는 국민의 여론으로 모든 것을 제단하면서 대중인기영합주의(populism)에 기반한 정치행태를 중단하고 있질 않다.

우리 사회의 성장의 큰 축(軸)으로 자리잡아온 재벌과 이들의 문제점들이 사회에 그대로 공개되는 과정에서 처방이라고 이야기하는 안(案)들이 시장경제의 틀마저 흔들 수 있는 '여론 몰이식'의 접근으로 희석되면서, 당연히 바로잡아야 할 관행들도 적절치 못한 대응논리로 기업과 관료, 기업과 정치권의 경관유착, 정경유착의 고리를 절단하는 합리적인 작업들조차도 덫에 걸려 있는 느낌이다.

국민들이 좋든 싫든 이런 저런 논리들로 묻힌 국내정치 및 경제적 어려움으로 인해 정작 대한민국의 생존과 깊은 관련이 있고 앞으로의 북한체제문제를 다루는데 중요한 고비로 다가온 북핵에 대한 국민들의 관심이 언론들의 사실위주의 단편성 보도로 중요성에 비해 줄어들고 있고, 북한이 노리고 있는 본질에 대한 분석기사가 제대로 나오질 않는 상황이다.

이 사회의 지식층을 포함한 일부의 일반 국민들이 북한보다도 오히려 미국이 나쁘다는 잘못된 편견을 이야기하는 것을 안타깝게 종

종 목격하고 있다. 미국도 문제가 없는 것은 아니지만 문제제기의 본질은 북한에 있다는 분명한 인식을 우리가 해야 하는 것이다.

우리 정부가 자유민주주의와 시장경제를 골간으로 하는 체제유지를 헌법정신에 따라서 더 고양하고 가꿀 의무가 있다면 지금 북핵 협상에서 북한이 끝까지 타결을 지연시키면서 미국을 상대로 아주 버겁게 전략적으로 전개하고 있는 대북(對北) 적대시정책(U.S. hostile policy against the DPRK)의 철회를 조건으로 한 '북(北)체제 보장'의 본질에 대한 국민적 학습이 필요한 시점이란 생각이 든다.

북한의 김정일 정권은 지금까지 2,300만의 북한 동포들 중 50만도 안 되는 북한사회 내의 특권 계급을 유지시키는 체제보장을 거론하면서도 본질적으로 굶어 죽으면서도 철저하게 개인의 인권 및 최소한의 생존권마저도 희생되고 있는 북한의 일반 민중을 위한 정치에는 아무런 관심이 없는 현실을 우리가 정확하게 알아야 한다.

우리에게 더 직접적으로 연관되고 있는 김정일 정권의 주장은 다름 아닌 '한반도의 완전한 비핵화' 라는 전략을 관철하는 과정에서 필연적으로 벌어질 수밖에 없는 '한미동맹의 균열 및 해체과정' 일 것이다.

그들은 이러한 그들의 의도를 이번 제4차 6자회담을 통해서 분명하게 암묵적으로 온 세계에 천명한 것이다. 우리 정부는 이 부분에 대한 분명한 입장정리 및 대국민홍보 교육을 전개해야 할 시점이 되었다.

북한 정권은 핵무기 포기의 대가로 한국에게 제공되고 있는 '미군의 핵우산 포기' 까지 담은 한반도 비핵화를 주장하고 있으며 종국에는 주한미군의 철수를 기정사실화하고 있는 '평화협정체결'을 미국에게 요구하고 있는 것이다.

이러한 표면적인 사실만으로도 북한은 핵포기의 의미가 단순한 경제지원 및 체제보장을 보상조건으로 한 것이 아닌, 대한민국의 '한미일동맹체제'를 이간질 시킬 중립화(中立化)까지도 염두해 둔 대한민국의 입장에서 보면 매우 위험하고 실현 불가능한 전술을 구사하고 있다는 생각이다. 민족공조의 허상이 너무나 크고 위험하다는 생각이 든다.

북한이 상술(上述)한 것처럼 요구를 관철한다면 이제 우리 대한민국 정부는 우리 정치경제 발전 및 작동의 가장 기본적 토대인 한미일동맹의 사실적인 해체를 가져올 수 있는 정도로 남한에서의 불안정한 안보상황이 공황상태로 발전될 수 있는 여지를 충분히 갖게 되는 것이다.

북한은 이번 6자회담을 우리 정부로부터는 좀 더 많은 대북 지원을 확보하고, 미국의 대북(對北) 적대시정책을 포기하라는 끊임없는 선전·선동을 통해서 한미동맹의 기본 정신을 훼손시키고 검증도 안 된 민족공조의 논리로 마치 미국이 한반도 통일의 장애물이나 되는 것처럼 가장 효과적인 정치 선전장으로 활용하고 있는 것이다.

절대로 우리 정부나 언론이 이러한 문제를 같은 민족이라는 이름으로 적당히 넘기는 실수를 해서는 안 된다.

지금 우리가 자주국방이라는 구호하에 전투 비행기를 수백 대 구입하고, 고성능의 포를 수천 대 구입하는 것보다도 동북아지역의 안정적 세력균형 추(balancer or stabilizer)로써 21세기에도 지속적으로 중국의 군비 팽창을 견제하고 일본의 과도한 군국주의화를 방지할 합리적인 역할을 수행할 주한미군의 존재를 우리 국민들이 먼저 충분히 인정하고 북한의 잘못된 선전·선동에 말려드는 우를 범해선 안 되는 것이다.

북한의 체제보장은 북한 주민들의 절대적인 지지와 사랑을 먹고 자라나는 것이지, 시대의 흐름에 역행하고 있는, 노동자가 천국이라는 공산주의를 가장한 가부장적 전제군주정권을 유지하는 명분으로 내세운 외세배격을 구호로 확보되는 것이 아니다. 북한이 전개하고 있는 일관되고 집요한 남한사회 체제분열 전략을 용납해선 안 된다. 대한민국 안보의 근간인 한미동맹을 기반으로 형성된 확고한 안보 토대에 가해지고 있는 무장해제 전략에 말려들어선 안 된다.

북한의 '평화적인 핵(核) 이용을 왜 미국이 반대하는지 모르겠다'는 식의 주장으로 미국의 제국주의적인 태도를 비난하는 속내 및 본질은 북한 정권 그들이 더 잘 알고 있다. 끝까지 핵을 이용하여 체제생존 전략의 단초라도 남기겠단 아주 잘못되고 위험한 발상이다.

이젠 우리 정부도 언제까지나 북한이 요구하는 대로 상호주의(reciprocity)도 외면한 퍼주기 전략을 지속할 것인지 심사 숙고해야 할 시점이다. 근본적인 변화가 감지되고 있지 않은 북한의 김정일 정권에게 우리가 요구하는 변화가 답보되지 못한 일방적인 지원만 할 것인지 국민들의 이름으로 물을 시점이 된 것이다.

지금 대한민국의 가장 심각한 위기는 바로 북한이 우리 사회를 상대로 전개하고 있는 끊임없는 '북한식 통일방식의 전위대인 민족해방전선의 확대'라는 생각을 지울 수가 없다. 그래서 그들은 민족공조를 무기로 미국의 존재를 계속적으로 부정하는 선전 · 선동을 하고 있으며 무분별한 우리 정부의 대북 지원을 유도하여 우리 국민들로 하여금 한반도의 본질적인 변화가 있는 것처럼 착시현상(錯視現象)을 만들고 있는 것이다.

우리 사회의 최고의 지성 중의 하나인 동국대 강정구 교수의 비상식적인 글이 바로 북한의 조직적인 선전술에 일조하는 매우 위험한 사상적 편향성이 보이는 글이란 걱정도 해 본다.

도청사건, 연정, 재벌문제 등도 중요하지만, 지금 더욱더 중요한 것은 아직도 독재 체제유지의 근간을 위장된 남북 화해 및 과장된 반미(反美)의 물결에서 구하고 있는 북한의 본질일 것이다.

독재 정권을 억지로 연장시키고 있는 주요 지렛대인 핵(核)을 들고 있어야 만 하는 북한의 고립화 및 경직성도 북한체제 고질병 중의 하나 일 것이다.

핵을 보유하고 세간의 관심을 이끌어내어 협상력을 키울 수밖에 없는 북한이 국제사회의 이단아(異端兒)로 자리매김하고 있는 안타까운 현실을 우리가 알아야 하는 것이다.

*2005. 8. 5.

미국의 전략적 파트너로 등극한 인디아

살아 있는 생물처럼 변화무쌍한 국제정치의 현실

1960, 70년대에 인디아는 제3세계를 이끌어가는 비동맹 세력을 상징하는 대부로서 미국의 대외정책에 비협조적인 자세를 견지하면서 가치 중립적인 자세를 갖고서 활동한, 국제정치 무대에서 비주류의 핵심국가였다.

7년 전인 1998년 5월 12일에 인디아가 핵무기 장치를 하루 전에 테스트한 것을 알고 있던 미국이 매우 불쾌한 어조로 인디아의 핵실험에 대한 노골적인 비난을 서슴지 않았던 적도 있었다.

당시는 인디아가 미국의 아시아 전략에 방해물처럼 인식되던 시기였다. 당시의 미국의 클린턴 대통령은 노골적인 비난을 하면서 인디아에게 핵(核)을 용납하지 않겠다는 단호한 메시지를 전했던 것이다.

　그러나 지난 7월 19일에 만모한 싱(Manmohan Singh) 인디아 총리와 백악관에서 단독회담을 가진 후에 미국의 부시 대통령은 인디아의 역할과 위상을 적극적으로 치켜 세우면서 이제는 인디아도 평화적인 목적에 핵을 사용할 만한 자격과 지위를 갖춘 것으로 격상시켰을 뿐만 아니라, 핵 강대국들이 갖고 있는 핵 주권을 용인하겠다는 파격적인 내용을 담은 공동성명도 발표한 것이다.

　미국이 이러한 파격적인 핵 강국의 모든 특권을 용인하고 향후 핵 관련 시설의 추가적 개발 및 사용에 적극적인 협조까지 약속한 이면에는 국제정치 경제적으로 아시아지역에서 급부상하고 있는 중국에 대한 효과적인 견제장치로서의 지렛대(leverage)를 새롭게 만들 필요성 때문일 것이다.

　문제는 인디아가 미국의 이러한 의도대로 기존의 5대 핵 강국의 대열에 진입하는 특권을 대가로 미국이 의도하고 있는 역량과 의도를 갖추고, 적극적으로 중국의 급부상을 견제할 카드가 될 수 있느냐일 것이다. 환언하면, 어떻게 인디아가 미국의 요구를 들어주는 가치창출을 적극적으로 하느냐의 문제로 귀결이 된다.

　인디아정부도 워싱턴에서 기대 이상의 커다란 외교적 성과를 거두고 이제는 적극적으로 지구촌시대의 전략적 파트너(global and strategic partner)로서 무슨 수단으로 미국의 요구를 미국과 동맹체제를 형성하고 있는 일본과 더불어 충족시키면서, 아시아에서의 중국과 러시아를 견제하는 새로운 판을 어떻게 짜서 미일(美日) 중심의 새로운 질서를 동반자로 형성하는 문제가 남게 되었다.

　이제는 본격적으로 미국이 주도하는 신 세력균형(new balance of

power) 내의 역학구도를 이해하고 일본과 더불어서 중국을 견제하는 양 날개(twin wing)가 되어야 한다는 부담감을 갖게 되었다.

그동안에 미국의 관리들은 중국이 아시아에서 급격하게 영향력을 확대해 가는 것에 대한 대비책 마련으로 많은 고민을 해 온 것이 사실이고, 더군다나, 최근에 급격한 군비지출의 증강을 통한 군대의 현대화 작업이 가져온 군사력 확장이 그동안에 유지되어온 아시아에서의 군사력 세력균형에 급속한 변화를 어떠한 방향으로 가져올지에 대한 걱정을 많이 해 왔다.

중국의 주변에 중국을 견제하는 또 다른 아시아의 강국의 등장은 중국의 아시아에서의 독주(hegemony)를 막아내는 중요한 지렛대가 될 것이다.

최근에 인디아도 중국이 급속한 경제성장으로 인해 증강된 정치경제적 영향력을 인디아와 인접한 국가인 주변부의 버마나 네팔, 그리고 파키스탄을 봉쇄하고 견제하는 곳에 많이 사용하고 있기에 내심 초조해 하고 있던 중이다.

이러한 고민을 하고 있는 인디아로서도 미국이 이번 인도 총리 방미기간 중에 보여준 기대이상의 대우가 그리 기분 나쁜 것만은 아닐 것이다.

잠재된 또 다른 걱정이 중국의 공산당이 인디아 내의 공산당과 합작하여 인디아의 국내정치에 깊이 개입하려는 불순한 의도를 갖고 있는 베이징의 예측할 수 없는 정치공작일 것이다.

지금 이 시점에선 미국의 강력한 지원과 협조를 매개체로 중국을 잠재적으로 견제하는 세력으로 성장하는 것이 중국과 손잡고 미국의 독주를 견제하는 것보다 훨씬 이득(利得)이 많은 것을 알고 있는 인디아로서는, 어떻게 효과적으로 미국과 손잡고 중국의 부상을 견제하여 아시아에서의 맹주자리(hegemon)를 중국이 독식하지 않게 일본과 더불어 견제하고 억지하는 신(新) 세력균형 구도를 잘 소화하고 갈지 두고 볼일인 것이다.

*2005. 7. 31.

북미 틈새(gulf) 좁힐 묘수는 없는가?

북핵문제에 독립변수가 아닌 종속변수인 우리의 서글픈 현실

인터내셔널 헤럴드 트리뷴지의 크리스 버클리(Chris Buckley) 기자는 '회담의 장벽 제거를 위해 동분서주(東奔西走)하고 있는 한국 정부(Seoul tries to break deadlock in talks)' 라는 제목의 북핵 6자 회담 관련기사를 통해서 북미 간의 좁혀지지 않고 있는 입장 차를 줄이기 위한 묘안을 찾기에 고민하고 있는 우리 정부의 난처한 입장을 잘 설명하고 있다.

27일에 행한 각국의 기조연설을 잘 분석해 보면 필자가 그동안에 수십 편의 북핵 관련 칼럼을 통해 예측하고 걱정해 온 것처럼, 북한의 김정일 정권은 북핵이라는 마치 동화나라의 마술사 같은, 최후의 체제유지를 가능케 하는 가장 큰 지렛대(leverage)를 포기할 의사가 거의 없음을 극명하게 잘 보여주고 있다.

게다가 북한이 주장하는 자신들이 간접적으로 핵 보유국이라는 그릇된 정세인식과 실질적으로 우리 경제·안보의 핵심 축이 되어 온 한미동맹에 균열을 가할 의도로 주장하고 있는 '조미 평화협정 체결'이 우리 정부가 그동안 국내외의 비난을 무릅쓰고 추진해 온 중재자 역할에 찬물을 끼얹는 촉매제가 될 것이기에 '혹시나가 역시나'로 자리매김하는 복선으로 필자의 뇌리에 다가오고 있다.

미국 역시 필자가 예측한 대로 미사일과 인권문제를 의제로 추가하면서 기존의 입장에서 본질적으론 별 변화가 없는 '현존하는 모든 핵무기와 핵프로그램을 검증할 수 있도록 폐기해야 한다'는 원칙적인 노선으로 북한이 주장하는 '조건이 충족되면 핵무기 및 핵무기 프로그램을 검증 가능하게 폐기한다'는 입장을 인정하지 않고 있는 것이다.

문제는 북미(北美) 간의 골(gulf)이 깊어진 깊이와 넓이가 우리 정부가 밝힌 '모든 핵무기와 핵프로그램을 검증 가능하게 폐기할 것을 약속해야 한다'는 추상적이고 관념적인 문서상의 합의가 미국에게 큰 설득력을 줄 수가 없을 것이란 점에 있다.

북미 간의 현저한 입장 차가 노정되고 있는 4차 6자회담이 우리 정부가 원하는 방향으로 갈 확률이 적다는 스스로의 판단에 필자의 걱정이 앞선다.

문제 해결의 순서에 있어서도 북한은 북미관계 정상화가 먼저이고 북핵을 폐기하는 것은 차순으로 잡고 있는 것에서 미국의 기본 입장인 북핵 폐기를 전제로 대북 안전보장을 할 것이라는 입장과는 현격한 차이를 보여주고 있는 상황이다.

6자회담에서의 북한의 추구하고 있는 주한미군 철수를 전제로 주장중인 ‘북미 평화협정체결’을 동반한 경제지원안(案)이 미국의 북핵 폐기와 미사일 및 인권문제까지 함께 처리하자는 기존의 주장과 대조를 이루는 동상이몽(同床異夢)의 현주소를 잘 보여주고 있는 것이다.

또한 북한은 미국의 세계군사 경영전략의 큰 축인 핵항공모함 및 잠수함의 한국 내 기항을 반대하고 주한미군의 중요한 전략적 운영 축인 ‘한국에 핵우산 제공을 불허한다’는 입장에서 한 발자국도 물러날 수 없다는 과거의 상투적인 입장을 재현하고 있는 실정이다. 미국은 과거의 입장에서 한 발 후퇴하여 ‘주한미군 기지의 사찰은 허용하겠다’는 다소 유연한 입장에서 더 양보할 뜻이 없는 듯하다.

일본정부는 남북 간의 관계 정상화의 봇물이 터질 수 있는 핵문제의 완전한 해결에 있어서 발목을 잡을 수 있는 일본인 납치문제 및 미사일문제도 포괄적으로 다루어야 상당한 규모의 경제협력이 가능하다는 입장을 계속 견지하고 있다. 한반도 주변 강국들의 복잡한 북핵 손익계산서를 보고 있다.

이래 저래 우리 정부의 난처한 입장이 우리의 가장 가까운 우방인 미국과 일본의 자국 정부안 고수 및 북한의 ‘떼쓰기 전략’에 밀려 더욱더 벼랑 끝으로 밀려가고 있는 느낌이다.

필자가 얼마 전의 한 칼럼에서도 지적했듯이 우리 정부의 중대제안이라 명명된 대북 송전이 북한을 회담장으로 유인하는 데에 어느 정도의 당근(stick) 역할을 한 것은 사실이지만 이 제안 자체가 독립적인 변수로 북핵 해결의 주도권을 바꾸는 적극적인 역할 면에서,

각국이 제시한 입장을 보면 알 수 있듯이, 종속변수(從屬變數)로 전락하고 있는 것이다.

따라서 우리 정부는 고육지책(苦肉之策)으로 '북한의 핵폐기와 미국의 북한체제에 대한 안전보장을 동시선언하는 형식으로 추진한다'는 입장을 마련중이지만, 필자의 판단으론 북미 양국이 받아들이기가 매우 어려운 안(案)이 될 것이다.

외교적 해결을 위한 마지막 장이 될 4차 6자회담이 갖고 있는 생명력이 그리 강해 보이진 않는다. 설사 합의된 문서가 나와도 검증이라는 까다로운 절차를 이행하는 과정에서 북미 간의 마찰은 언제든지 재현될 수 있는 여지가 농후하다.

미국도 잘 알고 있다. 북핵의 진정한 해결은 북한 정권의 민주화 및 개혁·개방으로 상식적인 선에서의 체제유지를 택하는 김정일 위원장의 대 결단에 의존하고 있다는 현실적인 해석이다.

현실적으로 김 위원장은 이 유일한 선택을 정권 및 체제를 걸고 할 용기와 역사의식을 결여하고 있다는 사실이다.

설사 김정일 위원장이 이를 결단해도 주위에 포진하고 있는 군부의 파워엘리트 및 노동당의 강경 고위당료들의 반대로 폐쇄적인 북한의 통치구조를 깰 수가 없을 것이란 생각을 해 본다.

바로 이러한 연유에서 북한을 잘 알고 있는 전문가들은 정직하고 솔직하게 북핵을 폐기한다는 김정일을 편하게 인정하지 않는 것이다.

여기서 우리 정부는 이제 분명한 원칙 하나를 양자 접촉을 통하여 전해야 한다. 만약 이를 지킬 수 없는 북한 정권이라면 지금까지의 대북 교류 및 지원을 전략적으로 중단하고 평화적으로 공존할 수 있는 획기적인 태도변화를 촉구해야 하는 시점이다. 이 분명한 원칙 하나는 다름 아닌 우리 대한민국 민주헌정체제인 자유민주주의의 발전 및 유지에 있어서 근간(base)이 되어온 한미동맹체제의 계속적인 유지가 대한민국의 경제 및 안보에 절대적인 조건이라는 사실을 북한에 주지시켜야 한다.

북한이 주장하는 '미국의 한국에 대한 핵우산 제공 철폐안' 은 논리적으론 맞으나, 국제정치의 현실구조를 잘 살펴보면 미국이 받아들이기가 쉽지 않는 주장이라는 것을 알게 될 것이다. 우리 정부 및 일본의 핵무장을 막아온 가장 큰 대안인 핵우산 제공 철폐 주장은 근본적으로 한미동맹의 와해를 겨냥한 균열 전략임에 우리 모두 동의할 것이다. 지금 이 글을 쓰고 있는 이 순간에도 외국의 공중파를 통해서 북한이 같은 주장을 하고 있다는 사실을 계속 듣고 있다.

일단은 3차 6자회담에서 미국이 제안한 '단계적 보장방안인 북이 핵포기를 선언하면 잠정적 안전보장을 해 주고 중유를 제공한다' 는 미국의 제안을 전향적으로 수용하는 방향으로 북핵문제의 해결을 위한 북한의 성의 있는 태도변화를 이끌어내야 한다.

최대한 경제적 지원 및 체제보장을 얻어내는 실리외교(實利外交)를 해야 할 시점인 것이다. 우리 정부는 이 점을 북한의 당국자들에게 분명히 인지시켜야 할 책무가·있다.

어정쩡하게 미국과 북한 사이를 왔다 갔다 하면서 이도 저도 아닌 중재자 역할만 하는 우리 정부는 그나마 갖고 있던 회담에서의 역할을 축소시키는 우를 범하게 될 것이다.

국제정치의 현실을 더 인지할 수 있도록 북한을 설득하고 우리 정부가 앞으로 동북아에서의 세력균형 및 신 자유주의(Neo liberalism)의 물결을 관리할 기본적인 발판이 되고 있는 한미동맹 구조의 어떠한 과격한 변화도 수용할 수 없다는 점을 분명히 밝혀야 한다. 미국과의 공조를 바탕으로 증가된 협상력이 북한에게 더 큰 설득력을 줄 것이다.

크리스 버클리(Chris Buckley) 기자는 "지금까지 북미대표 간에 보여진 입장 차를 보면 회담에 전향적으로 임하고 있는 태도변화와는 별개로 아직도 북미 간의 큰 틈새를 확인할 수 있다. 평행선을 달리고 있는 미국과 북한 사이에서 한국의 중재역할이 점점 어려워지고 있는 시점이다.(The exchanges between U.S. and North Korean negotiators suggest that despite the good will generated by the first day of these disarmament talks, a stark gulf still separates North Korean and the U.S. positions. South Korea may have difficulty persuading Washington and the North to agree to its plan)."라고 특별한 진전이 없는 회담을 묘사하고 있다.

한반도 주변의 강국들의 북핵을 둘러싼 신 파워게임을 잘 볼 수 있는 이 회담에서 아직은 우리가 우리 자신을 '동북아의 균형자'라고 명명할 수 없는 외교적 현실을 잘 받아들이고, 부국강병(富國强兵)의 지름길이 공허한 구호나 검증되지 않은 감정적 접근에서 오는 것이 아님을, 위정자들을 비롯한 우리 국민 모두가 냉정하게 깨달아야 할 시점이라 사료된다.

*2005. 7. 28.

시장경제도 수정자본주의를 수용한 역사적 사실을 알아야

민주주의가 다수결의 원리인 점도 담아내는 토지제도가 되길

필자는 농촌 출신이다. 땅의 소중함을 체험으로 알고 보낸 유년 기가 생각난다. 한 치의 거짓과 속임이 없이 농민들이 노동을 한 만큼 돌려주는 정직과 신뢰의 대명사가 토지라는 생각을 해 보곤 하였다. 이러한 측면에서 박경리 선생님의 '토지(土地)'라는 대하 역사소설이 지닌 무게와 깊이는 항상 가슴 속 깊이 묻고 살아가고 있다.

최근 참여정부의 부동산대책을 놓고 우리 사회 내의 진보와 보수 진영 간의 논쟁이 매우 뜨겁다. 필자도 며칠 전에 한 칼럼을 통하여 '시장경제주의라도 천민자본주의는 안 된다'는 취지의 의견을 독 자들에게 전달한 바 있다.

언뜻 듣기에는 마치 자유로운 시장경제활동을 제한하는 것처럼

들리는 오해의 여지도 있을 수 있으나, 글을 쓴 본래의 목적은 건전
한 시장경제가 작동할 수 있는 최소한의 공동체 윤리가 작동할 수
있는 책임의식과 시민의식을 갖춘 자본가가 되어야 한다는 철학적
인 메시지를 담고 있었다.

　정부가 추진중인 토지공개념(concept of public land ownership
이 공공의 이익을 위해 개인의 토지 소유권과 처분권을 제한하는
것으로서 우리 헌법의 23조에서도 '재산권의 행사는 공공복리에
적합해야 한다. 공공의 필요에 의한 재산권의 수용·사용 또는 제
한 및 그에 대한 보상을 법률로써 한다' 고 규정하고 있는 법적 타당
성에 비추어 보아도 부(富)의 치나친 편중이 공동체의 건전한 참여
의식을 저해하고 있다는 것과, 대다수의 구성원들이 각자의 재능과
노동에 의한 노력보다는 땅투기를 통한 일확천금(一攫千金)을 노리
는 천민자본주의 행태로 귀결될 수 있는 나쁜 풍토를 척결하는 취
지에서 정부가 적절한 선에서 정책적 처방을 내는 것은 당연한 것
이다.

　급속한 근대화·사업화로 상징되는 경제발전 과정에서 전부는
아니지만 정경유착(政經癒着)과 탈법·불법으로 부도덕하게 축적
한 부(富)를 잘 알고 있는 국민들이 기득권 세력의 특권적인 부의
축적 및 확대재생 과정에 대한 문제점을 제기하고 절제와 사회에
대한 책임의식을 주문해 왔지만, 오히려 창의성에 기반한 건전한
제조업을 통한 기업활동보다는 부동산을 통한 투기에서 얻는 개발
이익에 목을 매고 있는 일정비율의 기업인들이 있는 현실을 부정해
선 안 된다.

국토가 좁은 현실에서 토지공개념의 적절한 정책적 활용을 통해 부의 편중을 어느 정도 통제하고 건전한 기업윤리의 창달을 촉진하는 차원에서 땅을 통한 투자 및 개발이익에 대한 규제가 필요한 시점이 된 것이다.

헌법상에 보장된 '사유재산권 보장원칙'과 상충되는 측면을 무시하자는 것이 아니기에 적절한 선에서의 토지 이용성 측면의 공공성 확보가 헌법의 테두리 내에서 마련되는 것은 대한민국의 민주주의 발전의 건강성을 위해서도 역사적인 측면에서도 법 집행의 타당성을 충분히 갖고 있다고 생각한다.

현 정권이 8월말에 내놓을 부동산대책이 토지보유세 강화 및 토지개발의 공공성 확대, 적정한 선에서의 개발이익 국고환수 같은 개념으로 국한된다면 시장경제원리에 대한 큰 상처가 없이 헌법정신의 테두리 안에서 법을 집행하게 될 것이라는 생각을 해 본다.

이 문제는 특정 정파의 기한 및 정치적 이득과는 별개로 장기적인 계획을 갖고 차분히 연구하는 자세로 입법과정에 국민들의 의견도 반영하는 절차상의 정당성도 확보하는 노력을 게을리해서는 안 된다.

헌법도 국민들의 요구에 의해서 개정하는 것이고, 더 큰 역사 발전의 과정에서 대다수의 국민의 의견을 기반으로 작동하는 민주주의 기본 원리 측면에서도 국민투표로 많은 국민들이 찬성하는 법안이라면 시장경제의 테두리를 크게 훼손하지 않는 범위 내에서 채택되는 것이 역사 발전의 기본 법칙에도 맞는다는 생각을 해 본다.

시장의 효율성과 경제활동의 자유만 강조하는 자유방임적 자본주의가 일정수준의 개발단계에 이르자 여러 가지의 모순을 잉태하게 되고 국가는 적절한 개입을 통하여 자본주의의 문제점을 해결해 온 자본주의 발달의 역사적 사실에서도 토지공개념 관련 정책적 교훈을 얻을 수 있을 것이다.

케인즈 학파가 주장한 것처럼 국가가 종래의 자유방임주의를 포기하고 계급을 초월한 입장에서 자본주의의 결함을 제거하는 정책을 채택한 덕에 자본주의의 뿌리가 뿌리를 내려 오늘처럼 자리잡게 되었다는 역사적 사실에서 교훈을 얻어야 할 것이다.

순수경제학자들이 누진과세와 사회보장제도에 의해 사회 여러 계층의 소득을 평준화함으로써 소득 불평등에서 발생하는 갖가지 모순이나 곤란을 제거하고 사회 전체의 유효수요를 증대하여 불황을 회피할 수 있다는 주장을 한 것도 잘 살펴볼 필요가 있다.

J.K 갈브레이스가 '대항력의 이론' 에서 주장한 독점기업에 대한 견제논리도 토지의 과다한 집중을 국가가 적당한 개입으로 해소할 수 있다는 이론으로 생각해 볼 근거는 된다는 생각이다.

갈브레이스가 주장한 '독점기업에 대해서는 노동조합·소비단체·국가 등이 독점기업에 의한 거대한 독점이윤의 획득을 방해하는 대항력으로서 나타난다' 고 보는 측면에서 토지공개념의 유용성을 살필 필요가 있어 보인다. 수정자본주의의 근간인 국가가 자본주의적 모순이나 계급대립의 조정자(調停者)로 일정부분 역할을 할 수 있다는 시각에서 이 문제를 더 적극적인 해석을 통하여 볼 필요도 있어 보인다.

우리 사회의 가진 자(者)와 갖지 못한 자(者)의 계층적 위화감 및 상대적 박탈감이 극에 달하고 있는 사회병리현상에 대한 치유책으로서 기반시설 부담금 등 개발이익 환수강화, 토지보유에 대한 과세강화, 그리고 시가에 근접하도록 공시지가 조정, 종부세 등 대상확대가 시장경제의 근간을 해치는 과격한 정책으로 매도하는 것은 기득권 및 가진 자의 지나친 확대해석이라는 필자의 소견이다.

1989년의 노태우 정부 시절에 정부는 토지관련 부작용 및 건전한 기업윤리 진작 차원에서 개발부담금제, 토지초과이득세 및 택지소유상한제를 골격으로 하는 토지공개념을 도입하여 법안까지 통과되었으나 위헌 및 헌법불일치 판정, 또는 당시의 경제사정 등의 이유로 시행을 할 수 없었던 경험을 살려서, 공공성 강화 및 사회계층간의 위화감 및 상대적 박탈감 해소 차원에서 시행해도 큰 무리수가 따르지 않는 범위 내에서 시대정신(時代精神)을 담은 토지공개념의 부활이 되어야 한다고 생각한다.

여기서 온 국민이 관심을 갖고 살펴야 하는 두 가지의 사항이 있다. 혹시나 현정부가 정파의 이득을 겨냥하여 선동적인 자료의 공개 및 활용을 통한 정책적 포퓰리즘(populism)의 수단으로 이용되어서는 절대로 안 된다는 것이다.

경직된 사고로 사회공동체의 건강성을 무시해 온 일부 보수 및 기득권층의 잘잘못은 엄격히 가리지만 선의의 피해를 볼 수 있는 순수한 자본가들의 명예와 재산축적 과정에 대한 타당성을 사회적으로 보장할 필요가 있는 것이다.

또 하나는 부도덕할 뿐만 아니라, 윤리의식의 부재로부터 나올 수 있는 대다수의 공동체를 이루고 있는 사회구성원의 존재의 의의와 가치를 등한시하는 졸부나 투기꾼들이 시장경제 운운하면서, 마치 국가의 간섭이 전무한 성장위주의 정책으로 모든 문제를 해결할 수 있는 것처럼 기득권 및 특권유지에 매몰되어서 순수한 차원의 정책적 보완책 마련도 매도하는 금권 이기주의가 발호해서는 안 된다는 점이다.

상술(上述)한 극단적인 두 가지의 결함이 잘 보완되고 온 국민이 원하는 정당한 토지이용정책이 마련되면, 이것이야말로 대한민국이 낳은 토지관련 2005년도 현대판 수정자본주의(修正資本主義)의 옥동자(玉童子)라 해도 무리가 없을 것이라는 것이 필자의 판단이다.

*2005. 7. 19.

김정일 위원장의 딜레마

시간이 지나면서 껍질이 벗겨지고 있는 북한 정권의 실체

내주 26일께에 6자회담이 재개될 것이라는 추측 보도에도 불구하고 북한의 선전·선동은 과거와 다름없이 힘겨루기 차원에서 진행 중에 있다.

북한 노동당 기관지인 노동신문은 18일자로 '미국이 우리 공화국에 일방적인 핵포기를 강요하려 해서는 절대로 조선반도 비핵화가 실현될 수 없고 오히려 핵위기를 더욱 격화시키는 결과만을 초래하게 될 것이고 만일 미국이 재개되는 6자회담에서 전조선반도 비핵화에 대한 자신의 책임은 회피하고 우리 공화국을 무장해제시키고 제도전복 야망을 실현하려는 목적을 계속 추구한다면 그러한 회담은 안 하는 것만 못하며 도리어 심각한 사태를 발생시킬 수 있다.' 는 경고까지 하고 있는 정도다.

이러한 북한의 상투적인 공격적 선전·선동에 대한 간접적인 의사표시로 간주할 수 있는 내용이 있다. 미국 정부는 지난 14일에 열린 한미일 3국 6자회담 수석대표 회동에서 '일단 진전이 보일 때까지 협의를 지속하겠다는 방침 아래 며칠간 협의 후 열흘에서 2주간의 시차를 두고 협의를 재개하는 방안도 검토중이다'는 입장을 피력하였다. 만약 그렇게 해서도 성과가 보이지 않는 경우는 '다자간 대화를 중단하고 압력을 가하는 방안을 검토중'이라고 뼈대 있는 입장천명을 한 셈이다.

이제 6자회담의 존속 여부가 판가름나는 새로운 데드라인이 올해 말로 결정된 것이다. 콘돌리자 라이스 미국 국무부 장관이 이달에 한중일 3국 방문 시에 밝힌 시한이 올해 연말이고, 만약 올해 연말까지 북핵문제에 대한 해결책이 없으면 미국 정부는 성과가 없는 마라톤 협상에 임할 생각이 없다고 나름의 시간 설정을 한 것이다.

일단 회담 복귀를 선언한 김정일 위원장은 약 5개월의 시간은 더 벌었으나, 그 다음에 대한 진지한 고민을 하고 있을 것이다.

헨리 키신저 같은 외교전문가도 일단은 사면초가(四面楚歌)에 처한 북한의 입장을 잘 이해하고 북한의 핵문제가 해결 쪽으로 움직이고 있다는 낙관론을 편 것도 긍정적인 징후이지만, 과연 김정일 위원장이 체제유지의 근간으로 마지막 지렛대로 대두된 북핵을 그렇게 쉽게 포기하고 개혁·개방으로 움직인다는 전망은 필자에겐 현실성이 매우 떨어지는 대목이기도 하다.

그의 사려 깊은 분석내용 중에서 '중국, 러시아, 일본, 미국이 북한 핵무기를 제거해야 한다는 근본적인 합의를 이루고 있고, 북한이 정말 파산한 국가라면, 북한이 탈출구를 찾기 시작할 수도 있다고 보고 있으며 이같은 전제가 사실이라면, 한국이 자꾸 더 많은 것을 북한에 제공하겠다는 것이 어떤 시점에 장애가 될 수도 있다'고 충고한 것에 우리 정부의 당국자들이 관심을 기울여야 한다.

김정일 위원장이 일단은 회담 복귀로써 미국을 위시한 국제사회의 대북 압박정책의 예봉을 피하고 약 5개월의 '시간 벌기 작전'이 성공하고 있지만, 정작 시간이 지나면서 점점 더 많은 북한 내부의 핵 기밀관련 정보가 유출되면서 초조해지는 심정을 18일자의 노동신문 논평이 잘 대변하고 있다고 보여진다.

노동신문 논평은 '6자회담은 회담을 위한 회담으로 되어서는 안 되며 더욱이 일방이 타방을 무장해제시키기 위한 불순한 목적을 실현하는 데에 악용되어서는 절대로 안 된다. 조미가 공존하려는 입장과 서로 존중하고 신뢰하려는 의지를 가지고 성실하고 진지하게 문제 토의에 임한다면 6자회담에서 조선반도의 비핵화를 실현하기 위한 방도적 문제들이 심도 있게 논의되어 적극적인 진전을 이룩할 수 있을 것'이라고 원칙적인 원론적 논평만 하고 있다.

이 논평 안에는 내심 초조한 김정일 위원장의 마음이 녹아 있다. 북한의 김정일 선전·선동 전략이 이이제이(以夷制夷)책을 통하여 한국을 미국의 동맹체제로부터 이간질시키고, 미국의 세계 경찰국가로서의 부정적 이미지인 제국주의적 패권추구에 대한 견제장치로서 주변의 강력한 후원자인 중국과 러시아의 지지를 확보하려고 해도, 그 정당성과 실효성은 이미 색이 바랄 대로 바랜 상황이고, 더 이상 핵을 포기하는 것 이외의 다른 방도가 없어 보이는 막다른 골목에 서 있게 된 것이다.

최근에 서울로 귀순한 북한의 최고인민회의 대의원은 국정원에
서의 조사과정에서 김정일의 실체에 대한 매우 중요한, 어설프지만
매우 의미 있는 정보 하나를 제공하고 있다.

그에 의하면 그가 군수공업을 전담하고 제2경제위원회 산하 무기
개발연구소에서 근무한 박사 기술자로서 핵개발 관계자들과 친한
사이여서 북한의 과학자들이 우려하는 핵관련 대화를 들을 수가 있
었다고 한다.

즉, 북한의 과학자들이 플루토늄 4kg을 들여서 1t짜리 핵폭탄을
만들었으나 이것이 실전에서 작동될지 여부에 대한 의심을 갖고 있
으며 아마도 성능에 대한 검증도 없는 상태에서 김정일 위원장에게
업적을 과장하는 차원에서 허장성세(虛張聲勢)의 보고가 되었을 가
능성이 있다는 것이다.

우리는 이 시점에서 두 가지의 추론을 할 수가 있다. 하나는, 김정
일 정권이 정말로 핵무기를 갖고 있다면 파키스탄식으로 국제사회
를 상대로한 핵협상을 이끌어 명실공히 핵보유국의 지위를 통한 체
제유지를 꾀할 것이고, 둘째는 최근에 귀순한 북한 최고인민회의대
의원의 진술대로 제대로 작동이 될지 안 될지 의문투성이인 낮은
수준의 핵무기를 갖고 있다고 해도 이것을 폐기하는 과정에서 국제
사회를 상대로 공갈을 친 것이 들통나는 것에 대한 두려움으로 이
러지도 저러지도 못할 난처한 상황이라는 것이다.

이처럼 점점 더 시간의 흐름과 더불어 소진되고 있는 김정일 카드
의 현실을 잘 알고 있는 북한전문가라면 김정일 위원장이 잇단 미

소로 마치 체제단속을 버리고 개방으로 갈 것 같은 속임수로 우리 정부로부터 현금 및 물자지원을 얻어내려는 속내가 무엇인지 침착하게 생각하게 될 것이다.

지금 당장 체제유지가 급선무인 그에게 원칙이 없고 낭만적인 민족감정에 기댄 외세배격 논리는 호주머니에 숨겨진 핵무기만큼이나 큰 무기이고 이를 적절히 활용하여 '남한 인질론' 의 현실성을 더 키우고 민족공조의 칼날을 더 갈아서 미국의 대북 압박정책에 대항한다는 것이다. 이러한 준비를 하는 최후의 5개월 동안에 김정일은 남한 내의 혈육상봉을 고대하고 있는 이산가족 및 감성적인 젊은 세대, 그리고 태생적으로 친북적인 성향을 갖고 있는 세력들에게 한반도에 큰 평화와 교류의 물결이 있어서 미국이 없이도 잘할 수 있다는 착시현상(錯視現象)을 심어주고 있는 것이다.

여기에 전통적으로 북한의 후원자 역할을 해 온 중국 정부는 북한이 기댈 수 있는 큰 언덕인 것이다. 6자회담 의장국인 중국이 북핵문제는 복잡하며 곧장 해결될 수 없는 사안이기에 앞으로 5~6차례 회담을 지속해 해결해야 한다는 주장으로 북한의 김정일 위원장의 숨통을 트여주고 있다.

북미 협상의 당사자인 미국은 중국의 이러한 태도를 매우 못마땅하게 보고 있으며 최악의 경우는 독자적인 여론몰이를 통한 북핵 해법을 이미 마련해 놓고 있다는 필자의 판단이다.

지난 3월에 RSOI라는(팀스피리트 대체훈련) 훈련중, 주한미군 가족의 일본 대피훈련도 실시됐는데 그때 페리호가 미군 잠수함과 충돌해 연습도중 부산항으로 귀환했다는 한 일간지의 모 인사 인터뷰

기사가 무엇을 의미하는지 온 국민들도 관심을 갖고 대처해야 할 시점인 것이다.

북한이 이 시점에서 체제단속을 더 강화하면서 철저한 통제를 전제로 일부지역에 대한 관광상품 개발을 요청한 우리 측의 요구에 합의한 이유가 어디에 숨어 있는지도 더 분석되어야 한다. 남한으로부터 돈과 물자지원은 매우 이로운 것이지만, 남한의 개방과 민주주의 물결이 북한이 일반 주민들에게 전파되는 것은 절대로 용납할 수 없는 상황에서 북한당국의 근본적인 인식변화가 전제된 것인지 알지만 다시 한 번 살펴볼 일이다.

지난 2000년도에 현대아산이 북한과 철도연결, 유무선 통신 및 인터넷사업 등 소위 ‘7대 사업’에 합의했지만, 아직까지 문서에만 나와 있는 현실화되지 않은 이행되지 않는 약속이라는 사실에서 교훈을 얻어 우리 정부가 무엇을 염두해두고 한 합의인지 더 진지하게 고찰할 일이다.

김정일 정권의 시간 벌기와 남한과의 경협확대를 통한 이미지 개선 및 실질적 현금 및 물자획득 전략이 우리가 바라는 진정한 한반도의 비핵화 및 북한의 점진적 개혁·개방으로 연결될 수 있을지를 놓고 환상적인 기대감과 단기적 정파적 이득을 떠난, 대다수의 국민들의 생존권 및 행복추구권을 보장하는 시각에서 냉정한 평가가 행해지길 바랄 뿐이다.

*2005. 7. 18.

종속변수(從屬變數)로 전락하고 있는
대북 전력지원

6자회담에서 조정기를 거쳐야 하는 구조적 제약성을 인식해야

한국을 방문중인 콘돌리자 라이스 미 국무장관은 우리 정부의 독자적인 200만kw의 대북 전력지원안(案)에 대해 일단 환영의 뜻을 전하면서도 앞으로 열릴 6자회담에서 어떻게 활용할 것인지를 논의한다는 단서를 달고 있다.

환언하면 표면적인 6자회담 당사국 및 유럽연합(EU)을 비롯한 국제사회의 환영에도 불구하고, 이 제안이 우리가 원하는 방향으로 결실을 맺으려면 우리 정부의 원칙적이고 단호한, 한반도 비핵화를 실현하려는 상호주의(reciprocity)의 엄격한 적용을 대북 정책에서 시행한다는 입장을 공표해야 한다.

이보다도 다자주의(multilateralism) 해결방식으로 진행중인 6자회담에서 북한의 공식적인 반응과 더불어서 그동안에 미국과 중국, 일

210

본 등이 중심이 되어서 내놓은 제안들과의 연관성을 만들어내고 조율하는 힘겨운 작업이 남아 있고, 이를 실천하는 과정에서 우리 정부의 외교적 능력이 중요한 변수가 될 것이다.

무엇보다도 '북한이 완전하게 핵을 포기해야만 체제안전보장을 한다'는 미국의 흔들리지 않는 기본 원칙에 북한이 어떤 태도로 임할지도 큰 변수인 것이다.

북한이 현실적으로 우리나라가 주도할 수밖에 없는 경제지원보다도 우선순위로 체제보장을 받아내는 것이 급선무이기에 당분간 좋은 분위기에서 우리 정부의 제안이 받아들여지는 긍정적 효과가 미국을 상대로 한 체제보장 협상과정과 어떻게 맞물려 갈지도 큰 변수인 것이다.

이러한 점에서 회담재개를 촉진하는 촉진제 역할 측면에서의 대북 전력공급안(案)의 역할이 평가를 받고 있지만, 결국은 북한이 우선순위로 보고 있는 체제보장협상 결과에 따라서 성사여부가 판결이 나는 북핵문제 해결의 한 종속변수란 사실도 알아야 할 것이다.

이제 공은 6자회담장으로 복귀하는 북한 측의 태도와 의도로 넘어가고 있는 상황이다. 미국 정부도 그동안 미국이 제시한 안에 대한 공식적인 북한의 답변을 기다리고 있는 상황 이상이 아니라는 것이 냉정한 전문가들의 시각임을 우리가 알아야 한다.

우리 정부는 전략적 측면에서 당초 우리가 주도할 수 있는 지렛대(leverage)를 많은 부분 구조적인 문제로 계속 행사할 수 있을지는 미지수인 것이다. 필자가 지금 이 글을 쓰고 있는 순간에도 미국의 CNN은 서울에서 행한 콘돌리자 라이스 장관의 원칙적인 대북 전력지원에 대한 환영의사를 전하고 있을 뿐, 북한의 태도를 보면서 협상을 진행한다는 기존의 입장만 되풀이하고 있는 상황임에 우리 모두 유념해야 한다.

우리가 쓸 수 있는 유일한 카드였던 대북 경제지원의 규모와 방법이 세상에 다 알려지면서, 이제 북한의 주된 관심은 미국과의 담판을 통한 체제보장으로 옮겨지고 있는 것이다.

우리 정부가 앞서 자발적으로 대북 전력지원은 우리 정부 독자적으로 하겠다고 천명하고 나선 마당에 그동안에 중단되었던 대북 중유공급에 대한 부담이 어떻게 조율될지도 큰 과제로 남게 되었다.

최근에 우리 사회 내의 가중되는 민생고(民生苦)를 생각하면 수십 억 달러가 소진되고 있는 대북 지원사업의 정당성과 국민적 합의에 대한 정부의 진지한 노력이 보이지 않는 것이 매우 안타까운 측면이기도 하다.

이 부분을 야당이 나라의 예산을 집행하는 행정부를 적절히 견제하는 차원에서 국민들의 여론을 수렴하고 그 여론을 대북 지원에 반영해야 할 것이다.

한 언론사에 의해서 공표된 국민들의 의견을 묻는 여론조사 결과, 찬성과 반대가 대등하게 나온 것으로 보도되고 있다.

그동안에는 업무의 특성상 보안을 전제로 모든 일을 진행하고 국민들의 알권리를 잠시 유보했다지만 지금부터는 한 정권을 넘어선 역사적인 대북 지원사업의 영속성을 보장하고 특정 정파의 전유물이 되어선 안 될 사업자체의 정당성을 확보하는 차원의 대(對) 국민 홍보 및 동의절차가 필수조건으로 남아 있다고 생각한다.

우리 정부는 혹시나 단기적 성과주의 및 북핵문제의 절박성에 매몰되어서 정부 내의 관련부처와 기술적으로 문제점이 무엇인지 검토하지 않았다면 지금부터라도 진지하게 점검할 때가 된 것이다.

여기에 더 중요한 변수가 도사리고 있다. 6자회담에서의 성공적인 타결에 가장 큰 열쇠를 쥐고 있는 미국은 오늘도 연일 같은 입장을 표명하고 있다.

미국 정부는 북한이 모든 핵프로그램, 즉 플루토늄과 우라늄을 포기한다는 북한의 전략적 결정이 있고 이를 행동으로 옮긴다는 검증이 가능할 때만이 북한이 요구하는 체제보장도 경제지원도 가능할 것이란 단호한 메시지이다.

북핵문제에서의 독립변수는 핵을 포기한다는 북한 지도부의 전략적 결정이고 이를 인정하고 실질적으로 체제보장과 경제지원을 실천할 미국 정부의 의지인 것이다. 우리 정부의 대북 전력지원은 애초부터 구조적으로 종속변수로 상술한 두 변수의 향방에 따라서 그 성공여부가 결정날 것이다.

바로 이러한 차원에서 우리 언론들이 마치 우리 정부의 대담한 지원이 북핵문제의 상당부분을 해소할 것 같은 분위기로 구조적인 문제점에 대한 고찰을 등한시하는 것은 국민들의 바른 시각을 위해 매우 조심해야 할 부분인 것이다.

하루 빨리 북한의 김정일 정권은, 적게는 자신과 고통받고 있는 북한의 주민들을 위해, 그리고 더 크게는 우리 한반도 전체의 운명을 위해 역사적 결단을 내려야 하는 것이다.

이번에도 적당한 선에서 시간 끌기를 하는 기만술이 보인다면 이

거야말로 근세사에서 한반도의 가장 큰 비극으로 연결될 것이라는
것이 필자의 견해이다.

*2005. 7. 14.

대통령의 시국인식과 국민들의 아픔

현 정부의 위기관리능력에 대한 국민들의 실망감

필자가 비슷한 주제로 글을 반복하여 쓰지 않을 수 없는 근본적인 이유가 있다. 아무리 옳은 식견과 분석으로 정부에 정책적 판단을 유도하고 바른 정책입안을 권유해도 현 정부의 정책집행은 국민들이나 식자층의 적절한 호소나 권고와는 상관없이 흘러가고 있기 때문이다.

우리 경제는 이미 구조적인 어려움 및 현 정부의 안이한 문제의식으로 저성장의 늪에서 헤어날 것 같지 않은 아주 비관적 그늘에 덮여 있다.

가계의 긴축재정 및 수입의 급격한 감소로 국내의 소비는 바닥을 치고 있고 투자도 감소하고 수출도 흔들리고 있는 총체적 경제위기 국면인 것이다.

바로 이러한 위기상황에서 노 대통령이 7일 행한 주요언론사 편집·보도국장 기자간담회에서 "경제가 붕괴되지 않았다는 것, 그리고 현저하게 후퇴하지 않았다는 것에 대해 국민은 자부심을 가져야 한다"는 발언을 했다 한다.

아마도 대통령의 이러한 발언을 듣고 공감하는 국민들이 극소수였을 것이란 필자의 추측에 동의하지 않을 국민들이 거의 없을 것이다.

국정 최고책임자의 민생 및 국가경제에 대한 인식이 이렇게 근거 없는 낙관론(樂觀論)에 기인하고 있으니 경제정책의 수장인 경제부총리는 대통령을 잘못 보좌한 책임을 지고 국민들에게 속죄를 청해야 하는 것 아닌가?

여야 간의 증폭되는 갈등이 치유되고 있지 않은 정국인식이나 교육에 대한 견해도 국민들의 많은 지지를 이끌어내기에는 논리적·현실적 타당성이 많이 결여된 발언들을 하고 있어서 안타깝다. 철학적 패러다임이 다른 것하고 한 국가의 통치자가 대다수의 국민의 공감하고 나라의 경쟁력을 키우는 교육정책을 입안·시행하는 것은 또 다른 차원이기 때문이다.

'내각제 수준으로 대통령의 권한을 이양할 용의가 있다'는 헌법의 정신을 다소 훼손하고 있는 의회정치에 대한 대통령의 인식구조와 여소야대가 국정운영의 난맥을 초래하는 구조적인 요인처럼 혼동하고 있는 사실에서 정부의 명확하고 현실적인 위기대처능력의 부재를 다시 보고 있는 것이다.

다시 한 번 대학의 학생 선발권을 놓고 '공교육을 살리는 지고의 가치가 명문대학의 학생 선발권을 제한하는 것에 있다' 는 교육문제 본질에 대한 인식에 필자가 동의할 수가 없다.

형식과 절차를 무시하고 여소야대(與小野大)의 틀을 바꾸겠다는 대통령의 의지가 국민들의 절박한 국내외 정치 및 경제인식과 많이 동떨어져 있음도 알아야 한다.

'거국적 국정운영을 못하는 것이 대통령이 아니라 야당의 사정 때문이다' 는 인식도 왜 국민들이 현 정부를 신뢰하지 못하는지를 알 수 있게 해 주는 대통령의 '책임 전가론' 이란 생각이다.

부동산문제 해결을 위해 세무조사 등 합법적인 수단을 다 쓰는 것이 정당해도, 부동산문제가 사회 양극화의 핵심적 원인이라 해도 시장경제를 기본 질서로 채택하고 있는 자유민주주의 국가에서 정책이 국민들의 동의를 얻고 효과적인 결과를 낼 수 있는 절차와 준비성이 있는 합리적인 정책이 되야 한다.

'대학이 서열화되면 안 된다' 는 개념은 엘리트 교육의 현주소를 부정하고 창의적인 소수를 양산하는 국가의 창조적 분위기를 잠재우겠다는 매우 위험한 교육관(敎育觀)이란 이야기를 하지 않을 수가 없다.

대학은 중·고교에서의 암기식 평준화를 지향하는 잘못된 장(場)에서 과감히 탈피하여 학생들의 적성과 창의력을 최대한 보장할 수 있는 교육여건을 조성하고 국가의 중추적인 엘리트가 되는 가급적 훌륭한 인재를 양성하는 곳이기 때문이다.

오늘은 굳이 외교안보 분야의 문제점을 지적하진 않겠다. 하지만 교육 및 경제 그리고 국내정치 분야에 대한 일반 국민들의 보편적이고 상식적인 견해와는 거리가 먼 대통령의 시국인식(時國認識)이 국민들로 하여금 문제해결의 기대감을 더 키우지 못하는 것 같아 국민의 한 사람으로 답답한 마음을 국민들과 나누고자 한다.

*2005. 7. 8.

시(詩)

눈을 뜨니
어둠 속으로
천장이 보이고
창 밖엔 하얀색의 눈이 덮였네
뒤척이다, 뒤척이다
몸을 돌려서
다시 곧바로 세우고
시간의 지나감을 기다린 후에
잠시 무의식에 젖어서
세상을 잊었나 했더니
이렇게 이내
새벽이 다가와서
머리 위에 앉아
날 보고
웃고 있구나.

아직은 먼 길에 있어

하루 하루 시간이 갑니다

어제 얼었던 한강이 다시 풀리고

북한산의 한기(寒氣)가 온기(溫氣)로 다가옵니다

당신의 마음 속의 냉기(冷氣)도

이 마음 속의 갈등의 마음도

이 봄과 함께 녹아야 합니다

나라의 기운도 온화한 미소로

우리들에게 다가와야 합니다

걱정하고 또 걱정하고

다시 눈높이를 낮추어서

사랑하고픈 사람의 마음으로

또 나의 사람에게 기대를 해 보아도

어디 이 세상이

나의 마음처럼

그 진실을 이해하고

그 사랑의 마음을

나라와 우리의 공동체 속에 녹여

받아주지 않는 것 같아서

안타깝고 아플 뿐입니다.

*2006. 2. 11.

다시 새벽이 오기에

눈을 뜨니

어둠 속으로

천장이 보이고

창 밖엔 하얀색의 눈이 덮였네

뒤척이다, 뒤척이다

몸을 돌려서

다시 곧바로 세우고

시간의 지나감을 기다린 후에

잠시 무의식에 젖어서

세상을 잊었나 했더니

이렇게 이내

새벽이 다가와서

머리 위에 앉아

날 보고

웃고 있구나.

*2006. 2. 7.

이 눈과 함께 다가오는 훈훈한 사랑의 마음

오늘 이 한밭에 큰 눈이 내립니다
그칠 듯 말 듯 큰 눈이 내립니다
이 흰 눈과 함께 대구에서 손님이 왔어요
나를 사랑하는 하아얀 마음을 안고
비록 마음으로 전하는 메시지지만
사람의 마음을 알고파 하는
이 소시민은 그 마음이 고마워
이렇게 흰 눈을 보는 천진난만(天眞爛漫)한 마음으로
그대들의 마음을 고맙게 보지요
이러한 그대들의 마음은
굳이 오늘이 아닐지라도
내일도 모레도
항상 같은 강도로
그 순수함을 보존하렵니다
그리고 그대들의 열망을 담아서
이 나라와 민족의 미래를 위해서 헌신하는
철저한 공인의 모습으로
그대들에게
먼 훗날
다가가렵니다.

*2006. 2. 6.

고향 한밭에서 민심들을 만나면서

차가운 공기의 메시지
갑자기 공기가 차가와지면
마음이 차가워지고
세상이 차갑게 보이지만
가슴 속은 더 뜨거운
열기와 마음으로 빛이 난다
새 역사를 쓰는
굳은 각오가 없다면
아무도 안 가려는
이 길을 굳이 갈 필요가
없지 않겠는가
이제는 당신들이
가지 마라고 해도
나는
나 스스로의
굳건한 다리로
걸어서
멀고 먼
행진을 계속할 것이다.

*2006. 2. 4.

아무도 찾지 않는 이 시대의 나그네들

시절이 하 수상할 시(時)는
사람들이 아무도 나를 찾지 않을 수도 있다
만약 나에게 좋은 시절이 온다면
그들은 내게로 제일 먼저 달려올 것이다
내가 오지 마라고
손을 가로 저어도
그들은 내게로 달려올 것이다
막무가내로 달려올 것이다
가쁜 숨을 몰아쉬며 달려올 것이다
아직 좋은 시절이 아니라 생각되면
그들은 내게로 오지 않을 것이다
내가 그들에게 오라 불러대도
그들은 이 핑계 저 핑계를 이유로
나에게 오지 않을 것이다
세상을 살다가 보면
아무도 생각지 않는 곳에서
누군가가 불현듯이 나타나
나의 외로움과 힘듬을 달래는
의리와 뜻이 있는 사람들도 보인다
이러한 연유로
문득 문득 세상을 어렵게 보다가도
불현듯이
이른 아침 밝게 솟아오르는
검 붉은 태양처럼
나의 마음을 정화시키는

세상사의 기쁨도
가끔 만날 수가 있기에
우리들이 살아가는
이 힘든 세상이
가끔은 아름다워 보이는 것이다.

*2006. 2. 4.

사람이 포위되어서 살아간다는 것은

우리 인간의 군상(群像)들이
이 지구상에 존재하는 한
우리는 모두 포위된 세상에서 살아간다
너와 내가 직접적으로 느끼던
느끼지 않던
우리 모두는 포위된 느낌으로 살아간다
하루 걸러 하루를 지나도
그리 대단한 변화가 없는 가운데
우리들은 더욱더 포위된 느낌으로 살아간다
그래도 자연 속에서 포위되어서 살아갈 적에
덜 껄끄럽고
덜 부담스럽던
삶의 흔적들을 되돌아보면서
인터넷망에
사람들의 부정적 외침에
콘크리트의 삭막함에
사방으로 묻혀 살아가는
우리들의
피곤한 눈망울을 보고 있음이다.

*2006. 1. 31.

진실을 알아가야 할 우리들

우리들은 진실을 알아가야 합니다
웃으면서 이야기해도
서로를 인정하면서 이야기해도
우리들은 진실을 알아야 합니다
우리 후손들이 살아가야 할 터전에서
우리들이 숨쉬는 이 공간에서
거짓과 위선은 멀리하고
진실과 사랑을 가까이 해야 합니다
행여나 우리 국민들이
잠깐 착시현상(錯視現像)으로
진실(眞實)을 보지 못하는 경우가 있어도
진리(眞理)의 구도자는 국민을 설득하고
거짓의 구도자가 헛소리하는 것을
몸으로 마음으로 알려서
진실의 눈으로 참을 볼 수 있도록
우리 모두가 일체로
험난한 고난의 행군을 해야
우리 후손들이 웃을 수 있는
따뜻하고 풍요로운
삶의 터전이 마련될 것입니다
진실만을 이야기합시다
위선자(僞善者)는 다 물리고
오직 진실과 진리만 이야기합시다
국민들에게
거짓과 위장으로

역사를 부정하고
우리들의 참된 정체성을 부정하는
사이비 세력들에게
나라와 민족의 중요성을 일깨우고
바로 갈 수 있도록
우리 국민들이 일어서서
훈계하고 가르쳐야 합니다
정말로 아름다운
이 한반도(韓半島)를 위해.

*2005. 12. 21.

무얼 하러 북한에 가나

전 대통령이 북한에 간단다

뭘 하러 가나

본인의 소신대로

낮은 단계의 연방제 하러 가나

아직도 국민들에게

북한의 독재 정권이

무엇인지 착시현상(錯視現像)을 주려하나

지금은 갈 때가 아니다

가지 말지어다

그들이 처절하게

인륜(人倫)을 배반한 범죄와

천륜(天倫)을 거스르는

가혹한 통치행위를

멈추지 않을 시엔

가지 말지어다

그대로 간다면

국민들은

그대가 무엇을 위해서

그리 대북(對北) 노선을 앞서가는지

묻고 또 물어서

진실(眞實)을 말할 것이외다.

*2005. 12. 19.

그렇게 돌아가고 싶은 그 시간들

자연 속의 하얀 겨울은 좋았다
두꺼운 솜이불 뒤집어쓴
가족이 함께한 새벽녘의 온기(溫氣)가 좋았다
그래서 가족임을 알았고
앞마당에 쌓인 하아얀 눈을 치우고
두부 김치국으로 차린 밥상이 들어와
할아버지를 비롯한 온 가족이 아침을 들 때면
우리 모두의 동심(童心)에게 더 이상의 평화는 없었다

그런데 지금의 겨울은
침대에서 새벽녘에 뒤척이는 아이들에게
전혀 다른 정보통신 문명과 아파트의 세상이다
그래서 이들에겐 시심(詩心)이 부족할 것이다

깊고 진한 감동을 지니지 않은 가슴 속엔
지금 내가 이렇게 엄동설한(嚴冬雪寒)에 그리워하는
마음의 고향이 있을 수 없다
그래서 지금의 아이들은 불행한지도 모른다

좋은 옷 입고
좋은 컴퓨터 앞에 앉아서
문명의 이기를 누릴지는 모르지만
정작 가장 큰 자연 속의 축복은 결핍되었다

지금 영하 15도 추위의 콘크리트 문명 속에서
겨울 새벽에 그려지는
아버지의 체온이
그 산골마을 자연 속의 체험과 어우러진
나만의 징한 이야기가 없다면
이렇게 아름다운 겨울도
그냥 스쳐가는
한순간의 시간일 수도 있지만

저 고향 땅 금강 상류에 휘감어 돌아나는
자연의 냄새를 맡을 수 있는 후각이 있어서
진한 감동으로 저 하늘에 계신
아버지의 진한 부정(父精)을 다시 느끼고 있음이라

나도 우리 아이들에게 그러한 진한 감동을 주었던
진정한 아버지가 되었으면 한다.

*2005. 2. 8.
 어린 시절 엄동설한에 묻힌 고향의 새벽을 생각하며.

진실(眞實)이여 오라

나라가 흔들리고
백성이 흔들려도
너 진실은 거기에 있는데
왜 나라에 어른이 없는지
왜 그동안 거짓이 범람했는지
반성해야 할
이 사회 모든 구석구석이
또다시 진실 파문으로
얼음장처럼 얼어 있는 지금
백성들이 부르짖는 소리는
허황된 메아리로
얼음장 속으로 사라지는 지금
그 진실은
어디에서
누구와
노래를 부르고 있는지
진실이여 오라.

*2005. 12. 16.
황우석 교수 파동은 무엇인가?

나라가 바뀌는 줄도 모르고

우리들은 가고 있네

나라가 바뀌는 줄도 모르고

우리들은 웃고 있네

시대가 바뀌는 줄도 모르고

그대들은 속고 있네

세상이 절단나는 줄도 모르고

어제나 저제나

이 이문(二門) 골의 상공은 푸르지만

이 공간을 채운 사람들의 마음은 다르네

선(善)과 악(惡)을 규정하기에 앞서서

자기 것만 옳다고 주장하는 사람들에게

나라가 바뀜을 아무리 말해도

그렇게 해서는 안 된다고

아무리 매달려도

그들의 이익만을 위해 달려가기에

만지던 일상의 삶 속에서

나라가 바뀌는 줄도 모르고

우리는 그냥 숨만 쉬고 있네

형식과 격식이 없어도

되는 세상이 와야

나라가 바뀌어도 걱정을

하지 않을 터인데.

*2005. 12. 15.
마지막 수업 시험감독중.

민주(民主)라는 이름으로, 독선(獨善)이란 자기 논리로

국회의사당이 어수선하다
사람들이 어수선하다
연말연시의 복잡한 사람살이다
기쁘고 웃는 얼굴보다는
침울하고 고통스런
미래를 생각하는
얼굴이 많이 보인다

사학 입법이 통과된 후
한나라당이 의장실을 점거했단다
왜 그리 매일 뒷북만 치는지
원래 애국을 모토로
원래 공익을 소신으로 살아가는
애국지사(愛國志士)들이었다면
애당초 부끄러운 일들이 벌이지기 전에
온몸을 던져서 다 막았을 것이다
이래서 국민들은 무슨 이야기가
옳은 것인지
어떤 이야기가
국민편의 이야기인지
항상 판단을 미루고 있는 것이다
내일을 보는
우리들의 마음은
오늘의 얼룩진
마음으로

이 아름다운 겨울을
송두리째
다
잃어 버릴 것이다.

*2005. 12. 12.
 국회의 날치기를 보고—한나라당의 의장실 점거를 듣고.

김씨 왕조 독재 정권과의 공조보다 보편적 북한 주민 정서와 민족공조를

민족공조가 지상과제처럼
떠들어대는 사람들이 있네
누구와 공조를 한단 말인가?
북한 주민 탄압하는
북한의 독재체제(獨裁體制)와
김정일 종교 집단 추종자들과
봉건적 영주제(領主制) 집단과
허울 좋은 민족공조를 한단 말인가
역사의 소리는
민중의 아픔을 전하는
보편적 정서에 있는 것인데
왜 그들은 폐쇄적 폭압 집단을
공조라는 이름으로 돕고 있나
인류의 보편적 이름으로
다가오는 인권문제도 방관하는 그들에게
영광스런 민본국가(民本國家) 칭호는 없다
국민을 위한 국민의 정치도 없다
오늘이라도
폭정(暴政)과 굶주림에 노예가 된
일반 주민들의 목소릴 들어라
그 소릴 듣고
전 세계의 보편적 양심 세력의
목소리를 담은
선량한 북한 주민들을 겨냥한
보편적 민족공조로 전환하라

그것이
미래의 한반도를 복되게 하는
지름길이기 때문이다.

*2005. 12. 8.
 오늘부터 시작되는 서울의 북한 인권국제대회를 축하하는 시.

아직 아름다운 세상이라 하기엔

아직 아름다운 세상이라 하기엔
갈 길이 너무 멀고 험하지요
전세상의 빈곤과 불평등을 말하기에 앞서
바로 우리 눈앞에서 벌어지는
저 북녘의 산하가 보내주는
굶주림과 폭정(暴政)의 신음소리를 보세요
아니 바로
우리 이웃 중에서도
난방비용이나, 전기료가 없어서
민생고(民生苦)로 자살하는 사람도 있지요
잘 나가는 사람들이
자신들의 행복이
모두 자신들의 능력과 덕(德)으로 여기며
남을 업수히 여기고 자신을 뽐냅니다
언제까지 이런 불평등과 아픔을 보아야 하나요
이 큰 지구촌(地球村)이
이 한반도가
아니 이 대한민국이
너와 내가 함께 숨쉬는 공동체임을 알아야
우리가 진정으로 아름다운 마음을 갖게 되는
우리들의 세상이라 하지요
현세의 천국(天國)이, 극락(極樂)이 되는 길이
우리들의 무관심과 이기주의로
점점 더 멀어지는 지금이야말로
우리 이웃을 돌아보고

우리 자신의 지친 세상을 뚫어 보아야 합니다
아직도 아름다운 세상이라 하기엔
너무나 큰 장애물과
너무나 큰 인식의 벽을 허물어야 합니다
진실로
아름다운 세상이 오기를
학수고대(鶴首苦待)합니다.

*2005. 12. 3.

왜 하나가 안 되지?

왜 하나가 안 되지
될 것 같은데
이런 저런 이유로
하나가 안 되는 이유는
네가 나고
내가 너라면
쉽게 하나가 될 터인데
우리는 왜 하나가 안 되지
말하는 너의 눈
듣는 나의 눈
우리는 하나가 안 되지
마음으로 하나가 안 되지
그저 말로만 하나가 되지
그것이 문제야
이 사람들아.

*2005. 11. 27.

사람이 사는 동안

사람이 사는 동안
사람이 사람을 부른다
철새도 아닌
사람이 사는 동안
사람이 사람을 부른다
여기서도 부르고
저기서도 부르고
요리저리 부르고
사람이 사람을 부른다
옳은 사람
그른 사람
내가 좋아서 부른다
그래서 좋아 콧노래도 부르지만
혼탁한 세상에
사람 부르는 소리가
여기 저기서
걸러져서 들린다.

*2005. 11. 7.

강의를 끝낸 후

너나 나의 마음은 하나였다
캠퍼스의 자유로움을 용인한다
모든 학생들이 자유롭게 웃어도
지식을 논(論)하는 마음이 다를 수도 있는 법
편견과 독단을 벗어나는 몸부림으로
이 강의실에서
나와 너를 위한 노랠 부를 것이야
진리(眞理)를 찾는 작업이 어디 그리 쉬운가
달라도
틀려도
끊임없이 대화하고
끊임없이 설득하는
우리들의 마음 속에서
미래의 희망을 볼 수 있다면
갈등과 미움도
다 극복할 수 있는 것이지.

*2005. 11. 3.
외대에서 시국강연을 끝내고.

광화문의 만추(晚秋)

수색을 돌아 신촌을 지날 즈음
광화문(光化門) 상공의 하늘은 싸늘하다
사람들의 눈길도 싸늘하고
가로수의 낙엽이 측은하다
한 해 두 해 지나며
담 가지로 느끼는 사연들이
인왕산(仁王山)을 끼고 경복궁(景福宮)으로 넘어올 땐
그대로 남아 있질 않고
보국안민(輔國安民)을 말하는 사연으로 간다
누가 하라고 해서 하는 것이 아니지만
남들이 깨닫지 못한다고 불평도 하지만
누군가는 공동체의 문제를 보다듬어야 하기에
수신제가(修身齊家)의 서열에 오르지도 못한
우리들이 이렇게
밤으로 낮으로
가을의 서경을 논하기에 앞서
나라의 국정을 논하는 것이 아닌가
아무래도 올해의 광화문의 만추(晚秋)는
더 춥게만 느껴지는
민심(民心) 속에서 얼고 얼어서
빠른 겨울을 재촉하고 있나 보다.

*2005. 10. 30.

가을에 젖은 경복궁(景福宮)의 마음

올 가을은 다른 가을과 다른가 보다
단풍도 잘 보이지 않는
저 인왕산(仁王山)의 바위산도 멋을 잃고 있다
라도 젖는 날에는
모두들 그렇게
경복궁을 바라보며
그대들의 숨소리를 확인하지만
이 가을엔
확인하고픈 사연도 없어 보인다
무엇인지 모르고 마구 달려가는 인생들
저것인지 알고 그쪽으로만 가는 삶들
이런 저런 말들도 많지만
아무튼 나는 자유인(自由人)이다
애국충정(愛國忠情)에 살아가는 자유인이다
하늘의 성인(聖人)이 나를 사랑하는 마음처럼
나도 타인(他人)을 사랑하고
이 나라를 사랑하련다
이 민족(民族)을 사랑하련다
물질(物質)만 알고 살아가는 노예(奴隷)가 되기보다는
정신(正信)을 알고 살아가는 주인(主人)이 되련다
이렇게 생각해 보니
가을 빛에 타고 있는 경복궁의 마음이
더 포근하게 다가온다
다시 저 인왕의 단풍도 눈에 들어온다
웬지 허전한 마음은 아무래도

경복궁의 구국의 원혼(冤魂)들에게 달래 달라고
떼를 쓰고 울어야 할 모양이다
더욱더 좋은 것은
현세에서 이러한 나의 마음을 아는
그 누군가와 밀담을 나누며
사람을 생각하고
나라를 생각하고
지구를 생각할 줄 아는
주인으로 살아가는 사람과
뜻 깊은 가을의 대화를 나누며
이 크고 깊은 가슴을 달래는 일이 아닌지.

*2005. 10. 20.

역사는 잠시 부정한 자들의 전유물이 되기도

역사의 주인은 누구인가?
거짓과 위선이 없이 진실로
역사를 사랑하는 사람들의 것이다
때로는 덩치가 큰 이 산보다 더 무거운 역사가
위선과 거짓을 일삼는 선동가들의
소유가 되기도 한다
따라서 그릇된 세력들이 역사를 점유하고
손바닥으로 하늘을 가리는
선동의 정치극을 연출하면
이를 깨닫지 못하는 백성들은
고스란히 여론을 조작하고
권력을 남용한 거짓 인간들의
벗어날 수가 없는 포로가 되어
삶 속에서 너무나도 소중한 가치를 잃어 버리고
현실을 곡해하는 가무(歌舞)에 심취되어
백성들 자신의 모습도 망각하게 되는 법
아무리 국민이 주인이 되는
민주주의의 이름으로
포장하고 정당화되는 권력이라 해도
백성들을 속이고
그릇된 잣대로 역사를 논(論)하는
우(遇)를 의도적으로 범하면
그 나라에서 공기를 마시며 숨쉬는
모든 백성들의 고통은 가중되고
후손들이 떠안아야 하는 짐은 커지는 법

1세기 전으로만 가 보아도
우리 조상들의 무능과 분파성(分派性)이
우물 안의 개구리 식으로
나라를 도단하였으니
찌들은 나라 살림은 거덜나고
외세의 침략이 오고
지금도 눈물을 짜내는 분단이 와서
우리 후손들이 이렇게 엄청난 희생과
정신적 분열의 단초를 안고
바른 정신적 지주를 찾아 살아가고 있으니
부디 백성들이 깨어나서
부당한 세력들이 눈속임으로
또다시 나라를 망치려 들면
다시는 이러한 역사적 실수를 하지 말라고
다시는 이 민족의 아픔과 고통을 생각하라고
엄히 꾸짖고 항의하고, 비판하는 것이
진정한 민주시민이거늘
아직도 잘 깨닫지 못하고
위정자들의 위장된 춤과 음악에
움츠리는 몸짓으로 취하고 젖어
스스로의 행복을 지키는 노력을 해야만 한다는
실천으로 나가야 한다는 것을 체험한
간절한 깨달음이 없이
개인은 개인대로
집단은 집단대로

소 영웅적인 분파주의(分派主義)에 매몰되어
감 나와라
대추 나와라
한심스럽게 외쳐대고 있으니
이 일을 어찌하리오
이 일을 어찌하리오.

*2005. 10. 15.

비에 젖어가는 경복궁(景福宮)의 마음

5년 전에 바라본 인왕산(仁王山)은 활기 있었다
봄이라서 만물(萬物)이 생동하는 현장의 감동이었다
오늘 가을의 언저리에서 보이는 경복궁을 인왕은
그저 불그스레한 단풍의 화장을 입고 보고 있다
가을비에 젖은 너의 깊은 눈길이
먼 아픔으로 다가온다
경복궁의 원혼들이 역사의 소리로 나를 불렀을 때
나는 훠어이 훠어이 통한의 아픈 마음으로
너를 맞이하고 너를 위해 황혼곡(黃昏曲)을 불러주었지
정부의 관리로서 맞이한 춘삼월에
인왕의 형형색색(形形色色) 봄맞이가 가져온 그 황홀함이
이제는 낙엽이 뒹구는 쓸쓸함의 그림자로
조상들의 원혼이 묻어난 경복궁의 위엄으로
내 앞에 다가와 한숨 쉬는 곡조로
그대의 노랫소리를 들려주니
역사의 전개를 모르고 한 생을 마감해 간
이름 없는 세상의 아픈 혼(魂)들이
나라가 부국강병(富國强兵)을 제대로 이루지 않고
어떻게 역사 속에 묻힌 우리들의 아픔을
후손들이 달랠 수 있느냐고
나를 우직하게 꾸짖고 있으니
남북문제, 민족통합의 문제 등을 보는
나의 아픈 가슴은
동 대를 숨쉬는 애국지사(愛國志士)들의
병든 가슴은

지금 경복궁에 내리는 가랑비에 젖고
또 젖고 젖어서
눈앞을 볼 수 없는 큰 아픔으로 도사리고
인왕산(仁王山) 바위의 굳센 정기도
경복궁에 앉아 있는 구국의 원혼(寃魂)들도
어서 나라가 바로 갈 수 있도록
깨우치고 행동하는 후손들이
되라고 책망하고
또 책망하고 있거늘
어이하리
어이하리
세상을 인도할 참 세상의 주인은
언저리에서 한숨만 쉬고 있으니.

*2005. 10. 7.
비 내리는 경복궁의 아침을 보고서.

삶의 노래, 민주의 노래

자연은 아름답다
인간이 아름답게 만들려고 해서
아름다운 것이 아니라
자연이 자연을 아름답게 만들려고 하기에 아름답다
햇볕에 모든 치아를 드러내고
태양의 양기(陽氣)만 빨아먹던 자연도
푸른 하늘에 검은 구름이 모여들고
폭풍우가 오면 천둥 소리, 번개 소리에 놀라
온 세상의 존재들을 다 잠재우고
바위산 구석구석에
장엄한 자연 폭포를 만들었다
이것이 자연의 힘이다
이것이 역사의 순리(順理)이다
민주를 모르는 사람들이
바로 보고 배워야 할
역사의 뼈아픈 외침이요
고달픈 노랫소리인 것이다
아름다운 꽃을 꽃으로 볼 수 있는
열린 마음의 눈이 그들을 보아야
바로 자연의 힘을 보고
정의(正義)와 양심을 동반한 역사의 힘을
자연스럽게 볼 수가 있는 것이다.

*2005. 9. 18.

위정자들이여! 이순신을 따르라

자신을 이기고
원칙을 지킨
이 민족의 영웅
참 일꾼 이순신을 아는가?
구시대의 독선을 넘어
한없는 자애와 사랑으로
이 우주를 안고 살아간
민초(民草)들의 아픔을 소화한
백의민족(白衣民族)의 진정한 일꾼
이순신을 배워라
그대들의 탐욕(貪慾)과 위선이
이 나라의 정치판에 넘칠 때
백성들의 피고름 소리
더 들리는 이 진리를
느끼지 못하는 그대들이라면
차라리 훌훌 털어 버리고
민족을 다시 알고
백성을 다시 아는
인고(忍苦)의 깨달음을 위한
기도와 참회의 시간을 가져라
우리가 갈 길이
어찌나 멀고, 거칠고, 험한지
아는 그들이
독선(獨善)과 아집으로
국민들을 아프게 한다면

꿈 속에라도
이 민족의 영웅은 부활하여
애민애족(愛民愛族)에 기반한
칼의 노래를 부르며
그대들의 이기적인 정치놀음을
단죄하고 꾸짖을 것이니라.

*2005. 9. 3.
 이순신의 마지막회를 보고.

한마음으로 나아가는 사랑의 지구촌

이웃도 사랑하지 못하는 우리들이
어찌 지구촌을 입에 담으리오만
비록 오늘이 어두움을 갖고 있다 해도
이웃의 아픔을 다 못 나누었어도
내일부턴 우리 다른 세상을 만드세
사랑과 평화와 번영이 가득 찬
사랑의 지구촌 운동에 나서야 할
한반도의 운명은 대명천지(大明天地)에도
조금도 부담스럽지 않은
우리들의 신성한 의무가 되어서
다시 우리 곁에 와 있네
북의 체제가 제 아무리
어둡고 희망이 보이지 않아도
거칠은 숨결을 머금고 다가오는
북 체제의 아픔을 알아주는
인류의 평화의 숨결이
진정한 인간 해방의 횃불을 들고
우리에게 오고 있음이라
내 이웃의 아픔도 나의 아픔으로
알고 가야 하는
인류공동체의 사명을
가슴에 안고
내일부터 공명정대(公明正大)하게 살리라.

*2005. 8. 16.

내 자식만 전장(戰場)으로 보낸 것은 아니야

어느 시대나 전란(戰亂)의 시대엔 영웅이 나오는 법
임진란의 격동이 낳은 조선의 영웅 이순신
그릇이 적은 선조의 시기와 질투는
군주와 통치자가
난세에 어떻게 처신하느냐는
치세의 교훈으로 우리에게 다가오나
아직도 아산(牙山) 바다의 바닷가 모래에
묻혀서 씻어지지 않은
아픔의 통곡 소리가 있네
세상이 다 그렇고 그렇다고
때로는 간신(奸臣)과 소인배(小人輩)들이
나라를 어지럽히기도 하지만
역사의 도도한 물줄기는
그 어느 시대의 아픔도 담아내고 있네
아직도 아들 이면을 잃은
삼도수군통제사(三道水軍統制使)의 아픔을 담고 있어
우리가 어떻게 이 어려운 난세(亂世)에
나라사랑의 마음을 실천해야 하는지
크나큰 교감으로 다가오는 것이지
그릇이 작은 선조의 못남과 꼴불견이
고의적으로 불러온 영웅(英雄)의 아픔과 좌절도
역사의 목소리는 진실로 바로잡아간다는
불변의 진리(眞理)인
이 정의(正義)의 노래가
오늘 난세를 살아가는 민초(民草)에겐 위로가 되고

부끄러운 위정자는 교훈으로 삼아야 하나
자기를 희생하지 않고
입으로만 충성(忠誠)하는 무리들에게
반성과 깨달음의 주춧돌로 다가와야 함에도
감동과 흐느낌의 순간을 넘어서서
평상시의 이기적인 삶의 현장으로 몰입되면
또다시 길이 아닐진데도
권력(權力)이 좋아서 명예가 좋아서
오판으로 얼룩진 길을 가려는 무리가 있네
한 치 앞의 민족문제를 보아야 하는
저 북한 땅의 위정자(爲政者)나
우리 사회 내의 탐관오리(貪官汚吏)들이 있다면
이순신의 아픔과 애국충정(愛國忠情)을 되새기고
민족(民族)과 역사(歷史)의 이름 앞에
떳떳하고 장부다운 모습으로 살아갈 것을
진정으로 백성들의 편에 서서 역사를 논(論)하기를
마음으로 권하고 행동으로 권하노라.

*2005. 8. 7.
성웅 이순신 드라마를 보고—아들 이면이 왜군과 싸우다 장렬하게 맞은 죽음 앞에 애통
해하는 통제사와 오직 백성을 구하려는 이 장군의 충정을 질투와 두려움으로 대하는 군
왕, 선조의 조그마한 그릇됨을 탓하고 탓하면서.

한여름 밤의 꿈

오늘도 그날로 가고 싶다

한여름 밤에 금강(錦江)가에서 만난 너의 꿈

내가 그때 만난 너의 꿈은 맑고 순수했다

오늘도 너는 그 순수한 꿈을 갖고 있어야 하는데

풀벌레 소리, 물가의 흐르는 소리가 얹혀 있는 꿈

많은 세월이 흐른 지금쯤

그 꿈이 속세의 욕망과 뒤섞여 있을 것 같은 지금

지금 바로 이 시대에

그 한여름 밤의 꿈을 다시 느끼고 싶어

오늘은 그 고향의 강가로 가련다

아직도 순수와 자연의 냄새만 나는

무공해(無公害)의 아름다움이 녹아 있는

그 고향의 강가로 가련다

지독히도 찌고 있는 이 한여름 밤의 꿈을 위해.

*2005. 8. 6.

동명항(東明港)이 만든 삶의 냄새들

속초의 언저리에 동이 트기 전에 만난 소리
어둠 속의 고기잡이를 마치고 귀항하는 고동 소리
배에 탄 인생들의 고달픔이야 이루 말할 수 없지만
바다에서 건져 올린 고기 수는
삶의 무게를 더하네
재벌 아들처럼 키우진 못하는 자식들이지만
그물에 걸리는 고기의 무게만큼
출세에 대한 기대를 더 키우는 비용으로 쓸 터인데
고기 수가 줄어드는 이유인지는 모르지만
매일 아침 밤 사이 걷어 올린 그물망의 고기 수는
어부들의 기대와는 반대로 줄어들고 적어지고 있네
바다가 모든 것을 다 주었던
가족의 생사고락(生死苦樂)에
자족(自足)하는 마음으로
노동을 천직으로 알고 살고 있지만
웬지 어제 오늘 그리고 내일은
배를 모는 손의 느낌도 다르고
노동에 의존해 살아가고 있는
삶의 의미도 자못 달라 보이네
어민들의 애환과 아픔을 아는지 모르는지
날이 밝을 즈음 여명(黎明)의 기운을 느끼는 손으로
동해(東海)의 바닷소리가 갖고 나온 눈으로
만난 기러기들의 노랫소리는
평안한 항만의 모습을
한 폭의 풍경화(風景畵)로 만들고 있네

나는 내가 왜 이리 먼 길을
이 바쁜 마음의 여정을 다 제치고
어둠을 뚫고 달려와
어전의 소점상들이 채 문을 열기도 전에
무슨 끈끈한 마음에서인지
바다의 냄새를 맡으려고
사람들이 살아가는 노동의 현장을 보려고
그들의 검게 그으른 얼굴에 비친
삶의 현장을 보려고
그들의 거칠어진 손바닥을 만지며
삶의 무게를 보려고
이곳에 와서
속초항을 둥글게 외워 싼 바다를 보니
물결만 잔잔하게 마음 속에 출렁이고
바닷물이 춘향전(春香傳) 속의
민초(民草)들을 위한 노래를 부르면
변사또의 흥겨운 노랫소리는
이 큰 바다가 다 잠재우고
백성들의 고단한 삶만 담은 소리만 들리니
나에겐 달려오는 소리 외엔
아무런 생각도 어떠한 느낌도 없이
배들이 내려놓은 고기들을 보면서
저 문어의 아픔도
저 멍게의 성게의 아픔도
다 잊어 먹고

그냥 거칠은 아낙네의 목소리가 진행하는
경매하는 소리만 귓속에 넣고
바다를 배경 삼아 아침의 공기를 들이키며
동해의 청아한 자연의 음악을 친구 삼아
고개만 하늘로 멀리 넣고 생각을 하고 있네
김정일 위원장이 자기 땅이라 우기는
저 북쪽의 동해(東海) 바다를 응시하고
그 누구도 가지 않을 저 어둠의 공화국(共和國)을
한없이 한없이 그냥 쳐다보고 있구나.

*2005. 8. 1.
어둠에 달려간 속초의 동명항에서.

천국 문 앞에서

공기를 마시고 살아가는 육체의 인간들이
생명의 공기를 먹고 살아가는 천국 문을 두드린다
현생(現生)의 모습이 너무 힘들고
현재의 모습이 커다란 멍에로 다가온 사람들
어제와 오늘
그리고 내일
그들의 숫자는 눈덩이처럼 불고 있다
간신히 비만 피할 공간만 있으면
행복하다는 그대들
전생(前生)에 무슨 큰 한(恨)이 있어
같은 인간으로
이리 다른 멍에를 지고 있나
그래서 그들은 차라리 천국이 났다
현생이 아무리 아름답고
현생이 아무리 풍요로워도
그 노랫소리는 타인들의 것이다
그 풍요는 저 사람의 몫이다
그들은 차라리 천국이 더 좋은 것이다.

*2005. 7. 30.

무더위 속에서도 아름다움이

무더위 속에서도 아름다움이 있네
아스팔트의 더운 열기와
땀 냄새가 진동하는 이 폭염(暴炎)에도
자연과 인간이 만들어내는
정신세계의 아름다움이 있네
앞서간 계절의 기운(氣運)을 머금고
뒤로 올 가을의 정기(正氣)를 미리 담고
이 폭염의 향연에도
아스팔트가 녹아나는
광화문 도심의 인파에도
자연과 묻어나는 아름다움이
온 세상의 사람들이
다 담고도 남을
아름다운 마음들이
인왕산(仁王山) 자락에서 흘러나와
경복궁의 근정전(勤政殿)을 감싸며
광화문의 언저리에 묻어 있네
문득 문득
만나는 사람들의
마음 속에
소아(小我)를 버리고
대아(大我)를 취하며
인간적인 사랑의 도를 넘어선
인류애로 희생하는 그 마음
그 아름다운 마음이

이 폭염(暴炎)을 아름답게

달구고 있네

감싸고 있네.

*2005. 7. 20.
 광화문의 열기를 보며.

다같이 살아가는 세상이라도

다같이 살아가는 세상이라도
너와 내가 느끼는
행복지수는 다른 법
자라온 환경이 다르고
가야 할 길이 다르지만
우리가 서 있는
우리가 기대고 있는
이 땅과 저 하늘은 같은 법
아무리 많은 세월이 흘러도
저 하늘과 이 땅은
항상 여기에 있는 법
이 공간(空間)과 시간(時間)을
스치는 사람들이 다르고
같은 시대
같은 문화를 나눈 사람들이라도
내가 더 갖겠다는
네가 나보다 못하다는
그릇된 편견(偏見)과
오만(傲慢)의 덫에서
나오지 않는 한
같은 길을 가는
너와 나의 발걸음도
같은 시간을 이고 있는
저 사람과 이 사람의
생명의 무게도

다 다르게 다가오는 법
이렇게
저렇게
적당히 가는
시간들이 아닌
작지만 아름다움을 보는
짧지만 상대방을 돌보는
관용(寬容)과 조화(調和)가
어느 때보다
필요한 것이란
지혜의 깨달음을
바라는 소시민이 되고파.

*2005. 7. 16.

성　　　명 : 박태우(朴泰宇) 潘南 朴씨 직장공파 28세손

생년월일 : 1963년 5월 17일

본　　　적 : 충남 금산군 제원면 금성리 170번지

주　　　소 : 경기도 고양시 일산구 탄현동 1583 효성A 1501동 1405호

연 락 처 : 018-204-2953

| 학 력 | ···

1970.　　　충남 금산군 금강초등학교 입학(5학년 때 대전으로 전학)

1977.　　　대전대흥초등학교 졸업

1979.　　　대전동산중학교 졸업

1982. 02　대전고등학교 졸업

1982. 03　고려대학교 입학

1984. 01　고려대학교 2년 수학(국어, 영문)

1984. 01~1986. 04　군생활 (KATUSA 입대, 육군본부 정보참모부 근무)

1987. 03　한국외국어대 정치외교학과 입학

1991. 02　한국외국어대 정치외교학과 졸업(부전공: 영어)

1991. 03　경희대 평화복지대학원 입학

1993. 08　경희대 평화복지대학원(국제대학원) 졸업(동북아시아 전공 국
　　　　　제정치 석사 취득)

1993. 09~1996. 07　영국 HULL대학교 국제정치경제(IPE) 박사 취득(영국
　　　　　외무성장학금(FCO) 전과정 수혜)

1998. 03~08　KDI 국제대학원 통상법 전문과정 수료

1989.~1990. 한국외국어대 통역협회 회장 · 부회장 역임

　　　　　　김종필 전 총리 등 수십여 명의 고위인사 순차 및 동시 통역

　　　　　　(George Bush 전 대통령, Jessie Helems 미 상원외교위원장,

　　　　　　Henry Kissinger 전 국무장관, Richard Armitage 국무부부장관 등)

1993.　　　대한검도회 공인 검도 초단

1995.~1996. 영국 HULL대 Asia—pacific Research Forum 회장

1996. 07~12   제15대 국회 통일외교통상위원회 4급 정책보좌관

1996. 07~2000. 02   한국외국어대학교—정책과학대학원 정책이론 · 지역

　　　　　　통합론 · 정치외교학과 정치경제론 · 국제관계론 강의

　　　　　　숙명여자대학교—정책대학원 정책이론 · 행정학과 비교행정론 강의

　　　　　　국민대학교—정치외교학과 북한정치론 · 행정학과 비교행정론 강의

　　　　　　덕성여자대학교—교양학부 비교행정론 강의

1996.~ 현재   한반도 및 국제정세관련 국내외 학술회의 및 심포지엄에 발표

　　　　　　자 및 토론자로 수십여 차례 참가

1997.　　　한국유럽학회 감사, 한국정치학회, 한국국제정치학회, 한국행정

　　　　　　학회 회원

1997. 10~1998. 02   통상산업부 통상전문가 특채, 통상협력부서 근무(국

　　　　　　제통상협력)

1998. 02~2000. 05   외교통상부 통상교섭본부 다자통상국 및 국제경제국

　　　　　　ASEM 무역투자 · 경제협력과 · 개발협력과 근무(외교관—통상

　　　　　　협상 및 자원, 에너지, 과학기술회교, ODA담당)

2000. 09~현재 한·대만 청년포럼 한국측 대표

2000. 05~2004. 01 이인제 전 국민신당 대통령 후보, 새천년민주당 최고
위원(상임고문), 자유민주연합 총재권한대행 국회수석보좌관
(외교안보특별보좌역), 국방위원회, 보건복지위원회, 외교통일
통상위 의정활동 보좌, 외교관련 의전 및 통역, 해외순방 기획, 지
식인 및 학자들 자문그룹 운영

2001. 05 [포스트모던] 계간문학지를 통하여 공식적으로 시인으로 등단

2002. 09 시사월간지 신동아 [시 마당]에 신작시 〈단풍나무와의 대화〉 소개

2003. 08~12 충남대학교—정치외교학과 유럽정치론 강의

한남대학교—정치언론국제학부 국제정치경제론 강의

중부대학교—인문학부 겸임교수 임용

2003. 10 [한국의 인물 21C]의 p159에 소개, 후즈후코리아

2003. 12~2004. 12 경희대 평화복지대학원 동문회장 취임, 총동문회 부
회장, 새고양로타리클럽 회원 가입 및 회원으로 활동

2004~현재 한국문인협회, 국제펜클럽 한국본부 회원

2004.   민주당 경기도 고양시 일산(을) 경선준비공동위원장, 고양시
충청향우회 이사, 한국정치학회 이사, 한국국제정치학회 평생
회원 및 이사

2004. 04 4·15 총선, 경기도 고양시 일산(갑) 새천년민주당 국회의원
후보(홍사덕 기호1, 박태우 기호2, 한명숙 기호3), 동 지구당위
원장, 동 지구당 운영위원장, 민주당 경기도당 연수원장

2004. 06 기독교아산사회복지재단 이사 취임

2004. 08 민주청년포럼 부의장 취임

2004. 10 대만 국립정치대학—외교학과 방문교수·국제관계연구소 방문
학자

2005. 04 대만 국립정치대학—외교학과 객좌교수로 위촉, 정기적으로
〈한국정치론〉 강의중

2005.   계간문학지 [포스트모던] 편집위원

현재   한밭정치경제포럼 대표, 다국적 투자컨설팅회사(Doran Capital
Partners) 사외고문(Board of Advisors), UN창설 60주년기념 자
유동맹 10·24 국민대회 준비위원회 국제위원장 역임, 2005년
가을학기 동국대 대학원 정외과 박사과정 출강/외대 학부과정
출강, 대한민국 역사와 문화를 일구는 문화예술인들의 모임 '경
복궁포럼' 공동의장, 시사종합 인터넷신문 프런티어 타임즈
(The Frontier Times) 논설위원, 21세기 정경연구소 부소장, 중앙
일보 디지털 국회의원(통일외교통상분과), 한반도 및 국제정세
관련 칼럼리스트, 한국민주태평양연맹(DPU Korea) 사무총장,
정치전문 이지폴뉴스(easypolnews) 논설전문위원, 한성화교중
학교 이사

1982. 10 미국문화원 산하 KASA영어웅변대회 대상 수상

1991. 05 경희대 주최(The Korea Times · Asiana Airlines 후원) 전국대학
         생 영어웅변 및 토론대회 대상 수상(한국일보, 일간스포즈, The
         Korea Times 기사화)

1992. 10 한 · 영협회 및 The British Council 주최 제1회 셰익스피어 전국
         대학생영어토론대회서 동상 수상(The Korea Times 기사화)

1999. 05 The Korea Herald 내외경제신문 주최 제39회 전국 영어웅변대
         회 일반 부문 장려상 수상

2001. 06 [한국문화예술신인상] 수상(시부문)

2003. 02 [한국문화예술상] 수상(시부문; 날 안아주는 서강대교 외 6편)

2003. 10. 10 The Korea Herald · 헤럴드경제 · 국정홍보처 주최 제43회
         전국 영어웅변대회 일반부문 장려상 수상(The Korea Herald
         기사화)

EU의 통상정책과 법
(유로통상연구회 공저)
2000.07_율곡출판사

제1시집
당신이 나를 부르면
2001.08_도서출판 사임당

제2시집
내가 당신을 부르겠소이다
2002.03_도서출판 사임당

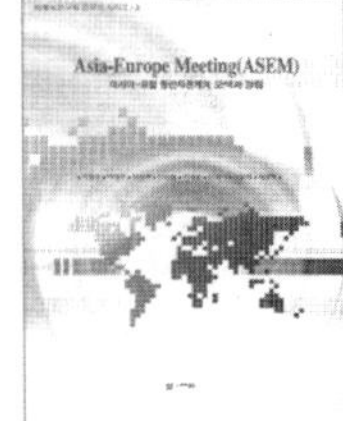

Asia—Europe Meeting(ASEM)
(유로통상연구회 공저)
2002.04_앰애드

제3시집
그대들이 날 부르기에
2002.10_도서출판 문예

제4시집
이 세상과 함께 불러야 하는
노래들이 있기에
2003.05_ 연인M&B

제5시집
저 하늘 높이 날아가는 새처럼
2003.11_ 도서출판 문예

제6시집
아름다운 사람들 속에서
2004.06_ 연인M&B

칼럼집
진정한 동북아의 균형자란?
2005.06_ 연인M&B

칼럼집
다시 새벽이 오기에
2006.04_ 연인M&B